De Regreso a la Oscuridad

Jorge A. Flores

QM. Editorial

Portada: Geli Creations©
Maquetación-Orto-tipografía: Àngels Martínez Soler
angels.martinez@gmail.com

Primera Edición
Diciembre 2016

ISBN: 978-1-943680-06-1

QM Editorial.
Jesús Quintana Aguilarte.
EIN: 46-2472728
Elkhorn W – 53121
EE.UU

www.editorialqm.com
jqaamerica2012@gmail.com
qmeditorial@gmail.com

Dedicatoria.

Dedicado a todas las personas que sin darse cuenta crean sus propios demonios para luego combatirlos, en algunas ocasiones salen victoriosos, y en otras derrotados. A pesar de ello siguen adelante escalando el universo sin olvidar su pasado.

Jorge Alberto Flores.

Agradecimientos

Agradezco a mi novia Sandra Rodríguez por sacrificar innumerables horas de nuestra relación; también a: Oscar Espinal, Miguel Martínez, Carol Izaguirre, Lesly Medida, Miguel Rivas, Gerardo portillo, Fernando Saravia, Fausto Cruz y Osman López por ofrecerme su apoyo e impulsarme a continuar escribiendo

Jorge Alberto Flores.

Prologo.

A través de los siglos después de la creación, los hombres han tratado de silenciar nuestros orígenes, han evitado tener que revelar al mundo pensante nuestro lugar de procedencia y si hay más de nosotros en ese o en esos lugares perdidos en el vasto Universo creado por Dios.

El autor, de Regreso a la Oscuridad, Jorge Alberto Flores ha sido un asiduo investigador de los efectos que en más de una ocasión han marcado su vida, sensaciones de no estar solo, de que existe una dimensión paralela que permite el interaccionar a los seres del mundo llamado espiritual con los seres del mundo real, aunque ambos términos muchas veces no puedan ser definidos.

En Regreso a la Oscuridad un joven pierde a un amigo, y sin poder calmar su dolor toma la decisión de suicidarse, y es aquí donde la ficción y la realidad se abrazan y nos toca a nosotros discernir que somos simples lectores o compañeros de un viaje que va más allá de nuestro entendimiento, no se permitan abandonar esta aventura, es posible que descubran que realmente el velo existe y que no estamos solos.

Jesús Quintana Aguilarte.
Escritor, poeta y
Gerente de QM-Editorial.

Introducción

De Regreso a la Oscuridad es el relato de un joven que se culpa por la desaparición de su amigo, eso lo lleva a tomar la decisión de suicidarse, cuando el joven está en el acto, en su último suspiro de vida se arrepiente. Sin embargo, ya es muy tarde, ya no puede haber marcha atrás. Al arrepentirse automáticamente se convierte en un misionero que viajará por la oscuridad con la esperanza de regresar a la vida, aunque su objetivo real será espiar a otras especies para informarle a su Dios. La misión es peligrosa porque tendrá que superar varias pruebas que lo harán dudar de su propia fe, y si es atrapado nunca podrá regresar a la Tierra.

LA GRAN SORPRESA

Hace unas horas, su Servidor se llevó una gran sorpresa. El timbre de la casa sonó y mi Esposa acudió a abrir el portón. Al otro lado del portón estaba un joven alto, blanco, que vestía una camiseta escotada, una calzoneta larga que le daba hasta las rodillas, y unas sandalias veraniegas; su cuerpo estaba lleno de hermosos tatuajes que brillaban como las estrellas y cuyas figuras se movían como los cometas. Mi esposa preguntó:

—¿Quién es?

—Buenas tardes señora, busco a mi segundo padre

Me imagino la cara de incredulidad que puso mi esposa al escuchar las palabras de aquel Joven. De inmediato volvió a preguntar:

—¿A quién busca?

—Busco al escritor

—¿De parte de quién?

—Mi nombre es: Jair

—Espere un momento, voy a ver si lo puede recibir

—No se preocupe señora, sé que está dormido, no lo despierte

—¿Cómo dijo?

—Sé que se encuentra enfermo e incomodarlo no le hace nada bien, deje hasta que despierte para que me reciba.

—Usted de dónde lo conoce

—Él es mi segundo padre.

—¡Como así!

—Espere a que se despierte para que él le explique

Sin perder mucho tiempo mi esposa fue a la habitación a despertarme

—Viejo, viejo, viejo… levántate que te busca un muchacho que dice ser tu hijo

—¡Que!

—Si, allá afuera hay un muchacho que dice ser tu hijo

—¿Cómo?

—Sois sordo o te haces

—Es que no te entiendo

—Te lo voy a decir despacito: *allá afuera hay un muchacho que dice ser tu hijo*

—Ya venís vos con tus pendejadas

Mi esposa se enojó

—Ves… eso dice el muchacho que está afuera esperándote

—No te digo… que pendejada la tuya, ahora cualquiera puede venir a la casa y te mete mierdas en la cabeza. Lo peor es que vos les crees. Yo no sé…

—Un día de estos voy a tener a todas las vecinas haciendo fila fuera de la casa pidiéndome manutención. ¡Qué bonito!

—¡Abrase visto!

—Y que sabemos

—Ahora resulta que soy el padre de todos los niños cuyos progenitores no se hicieron cargo

—A mí no me digas nada, yo sólo repito lo que el muchacho dijo. Así que levántese y vaya a arreglar ese problema

—¿Cuál problema? si ni cuando anduve en rumba te fui infiel, peor ahora.

—Yo no sé, pero ese muchacho tiene como unos veinticinco años

—¡Veinticinco años! Peor por ahí.

—Pues vaya a preguntarle para ver con cual de todas sus putas amantes lo tuvo, y a mí no me vuelva a dirigir la palabra nunca más en la vida.

Como pude me levanté de la cama y con mi bastón empecé a dar pasos cortos hasta llegar al portón. Mi esposa no se dignó en ayudarme, estaba tan enojada que sólo me acordé de los juegos de mis nietos: podía sentir su gran poder de odio.

Cuando estaba enfrente al portón, el joven me dijo:

—Le pido disculpas porque lo despertaron, pero usted me dijo que lo buscara cuando lo necesitara.

Al escuchar esas palabras sentí curiosidad porque su voz me parecía conocida de toda mi vida. Instantes antes de abrir el portón me comentó:

—Usted es mi segundo padre

Casi simultáneamente, mi mente hizo un viaje fugaz en el tiempo, y recordé que esas palabras habían salido de mi propia boca.

Antes de terminar de abrir el portón yo sabía que se trataba del hijo de Jaime y la Lady, el mismo niño que décadas atrás había aparecido en la isla. Y así era, la inconfundible cara de mi amigo Jaime estaba pegada en el cuerpo de aquel joven.

Lo abracé, le di un beso en la mejía, y le pregunté como estaba, como había llegado a la casa, porque no me había avisado para irlo a traer al aeropuerto. Me encontraba tan emocionado que ni terminaba de responderme cuando le formulaba la siguiente pregunta.

Llamé a mi esposa:

—Vieja venga, deje de estar enojada y cambie esa cara que no pasa nada.

Mi esposa media desconfiada se acercó, y le dije: este joven que estás viendo es el hijo de Jaime.

Al escuchar mis palabras, mi esposa cambió de semblante, y lo atendió de mil maravillas. ¡No crean que mi esposa era del todo tonta! por algo me casé con ella. Y ni si les ocurra pensar que yo la trataba mal, pues con ella viví los momentos más maravillosos de mi vida. Estoy seguro que con otra mujer no los hubiese vivido. Y no es por excusarme, pero cuando uno se vuelve viejo se pone tonto. Si alguna vez llegasen a viejos se darán cuenta de lo que les hablo.

Jair es como Jaime, siempre bromista y alegre. También servicial, me imagino que esa cualidad la heredó de su madre. Sin embargo, el decir que yo era su segundo padre no era una broma, tampoco era su culpa hacer desconfiar a mi esposa. Pues yo le había ordenado que el día que le tocara presentarse ante mi familia dijera que yo era su segundo padre.

Hace un tiempo atrás empecé a tener comunicación con Jair, aunque nuestra comunicación sólo era por teléfono, ni él y ni yo nos conocíamos en persona.

Lo poco que sabía de Jair era por los comentarios que me enviaban mis sobrinas por las redes sociales.

Y como ustedes ya saben, los padres les heredan a sus hijos las buenas o malas costumbres, en este caso mi hermana les heredó a sus hijas lo chismosa, y de su padre ni digamos, le heredaron lo haragán ¡Imagínense que combinación tan mas explosiva esa!

La primera vez que hablé por teléfono con Jair aún no se me olvida, mi hermana estaba enferma, y yo hablaba con una de mis sobrinas sobre las medicinas que habría que comprarle. Mi sobrina me dijo:

—Tío, quiero que conozcas a una persona especial en la familia.

—¿A quién? No me digas que ya tienes novio.

—No tío, como se pone a creer que voy a tener novio.

—Así dicen, y después salen embarazadas.

—No tío, mi madre siempre ha dicho que esta persona es parte de su pasado.

—¡Como así! explícate mejor muchacha.

—Espérese un momento que ya lo pongo al teléfono…

Mientras ponía la persona al teléfono, yo pensaba que me iba a poner a unas de mis ex novias del colegio, entonces le llamé la atención:

—No me vayas a salir con una broma

—Espere, tenga calma que no es ninguna broma

Al otro lado del auricular se escuchó una voz de un muchacho tímido

—Buenas…

—Hola, con quien hablo

—Mi nombre es Jair

—¡Jair!

—Si, el hijo de Jaime

—No lo puedo creer ¿cómo estás muchacho? es un placer poder hablar contigo

—Gracias, el placer es mío, he escuchado tanto de usted que es la mayor sorpresa que he recibido en muchos años

—Me alegra escucharte, tu padre fue un gran amigo, de esos que te marcan para toda la vida, un hermano del alma

—De verdad

—Nosotros éramos tres, el otro era Juan Carlos

—Eso me han dicho, ustedes tres son leyenda en la isla

Sostuvimos una conversación de hombres, corta pero efectiva, desde ese día hemos estado comunicándonos sólo por teléfono. Como ambos nos prometimos conocernos en persona, eso descartaba cualquier video llamada. Lastimosamente cuando Jair terminó su secundaria viajó a Dinamarca para conocer a su hermano mayor, el otro hijo de la Lady.

En ese tiempo su Servidor andaba de viaje y quise sorprenderlo en el aeropuerto de Miami, lamentablemente los vuelos cancelados en la época navideña me lo impidieron. Lo único que pude hacer fue facilitarle las cosas por medio de varios amigos para que llegara sin inconvenientes, primero al lugar de origen de su madre: Narbona, una pequeña ciudad del sur de Francia, y luego a Dinamarca.

Ya estando en Europa sostuvimos otra conversación telefónica donde le ordené que hiciera su vida en el viejo continente, que se casara y que tuviera hijos; pues allá la vida es más tranquila, las personas pasan desapercibidas, cada quien vive en su mundo y en sus propios problemas.

Aunque separarlo de nuestras vidas me había dolido el alma, yo era de la idea de mantenerlo en la isla para que tuviese la misma niñez que tuvo su padre, que disfrutara al máximo de la isla, así como nosotros en su momento lo hicimos, pero inevitablemente tuve que sacarlo, y siendo honesto era lo mejor para él.

Ya que en la isla muchas personas empezaban a decir que Jair era hijo de dos locos, que no pertenecía a este mundo, y que era producto del mismísimo demonio. Lo juzgaban porque le gustaba ir a nadar por las noches y quedarse observando las estrellas.

Para mí lo más importante era protegerlo hasta de nosotros mismos, y que mejor que ir a conocer sus raíces europeas, su lazo sanguíneo por parte de su madre.

Entonces tuve que pedirle un favor a un amigo que posee un helicóptero, hice que enviara a su piloto a la isla y que montara un concurso donde el ganador iba a ganarse un viaje en helicóptero de ida y vuelta hasta la capital. En ese concurso Jair iba a salir ganador, y Rosa lo iba a estar esperando en la ciudad para despedirlo. Y Así como lo planeé, así salieron las cosas.

Hice que Rosa viniese a la capital usando la excusa de una cita Médica, y le mandé las respuestas a mis sobrinas para que se las entregaran a Jair, de esa manera ganaría el concurso.

Como Rosa estaría en el hospital, nadie preguntaría por qué Jair no había regresado a la isla. Después mis sobrinas me contaron que Jair no necesitó de las respuestas que le mandé, era tan inteligente que retenerlo en la isla era seguirlo desperdiciando. Lo mismo me comentó el piloto del helicóptero que estaba eter-namente agradecido por salvarle la vida, según el piloto ese día que venían los dos en el helicóptero, antes de llegar a la ciudad Jair le aconsejó: —Evite pasar por esta zona, porque aquí chocan los vientos del norte y del sur, e inesperadamente se forman remolinos, usted no los puede ver por la gran cantidad de nubes que pasan—. El piloto hizo caso omiso al consejo de Jair.

Un día el piloto pasó por esa zona, iba acompañado de su jefe y la amante de su jefe cuando un remolino los tomó por sorpresa, los arrastró y estuvieron a escasos metros de estrellarse contra el suelo, sino fuese por el consejo que le dio Jair, ellos estuviesen muertos. "aunque caigan en perdida no jale la palanca hasta el último segundo". Eso les salvó la vida.

Ya estando en el aeropuerto, mis hijas me contaron que la despedida entre Jair y Rosa fue tan conmovedora que parecía que le habían arrebatado el alma a Rosa, fue un momento muy duro, lleno de tristeza y lágrimas.

Mis hijas que acompañaban a Rosa también lloraron. Mi hija menor: Heiri me comentó que Jair es una persona muy especial con un gran carisma. Hasta me preguntó si era mi hijo, porque Rosa le comentó que yo le enviaba dinero para su manutención. En esa ocasión no le contesté. Luego me dijo que no sabía por qué lloró esa vez por Jair, si en ninguno de mis viajes que fue a despedirme al aeropuerto había derramado ni una tan sola lágrima. Y le respondí:

—Es porque Rosa sabe que no volverá a ver a Jair; y tú sabes el día, la hora y el número de vuelo que me traerá de regreso, por eso nunca te he hecho falta.

En la misma conversación telefónica que tuve con Jair, le dije que si algún día regresaba al país que no dudara en buscarme. Como Jair siempre me decía padre desde antes del viaje, le sugerí que al presentarse ante mi familia dijera que yo era su segundo padre.

Ya que tuve varios problemas con mi esposa porque siempre que él me llamaba a la casa, decía: —¿está mi padre?— Por esa frase estuve a punto de divorciarme, mi esposa es celosísima, imagínense que en vez de sudar, ella transpira celos; y no se rían que es cierto.

Según su Servidor, el que Jair dijera que yo era su segundo padre me evitaría tener problemas con mi esposa y mis tres hijas que son grandes chantajistas.

Les puedo asegurar que si algunas de ellas le hubiesen preguntado en el aeropuerto si era mi hijo, con el simple hecho de que se quedase callado o reído, sin dudarlo me hubiesen tratado de chantajear.

Las conozco bien. A cambio de su silencio me pedirían más dinero para su mesada o un incremento en su herencia. Así es la vida de los viejos, uno ya no recibe una muestra de amor sincera, estoy seguro que la soledad es nuestra mejor acompañante.

Y me refiero al tiempo que uno pasa en solitario, lo explico porque si mi esposa lee estas líneas va a pensar que tuve una mujer que se llama Soledad. Como les dije anteriormente es celosísima. Aunque no lo he comprobado, pero creo que se alimenta de los celos para incrementar su odio.

Volviendo a Jair, y ya estando sentados en los muebles de la sala le pregunté sobre los tatuajes, pues eran hermosos y tenían un brillo que nunca antes había visto, su arte era único, además tenía varios signos que se parecían a los del libro azul que tradujo Jaime. Entonces Jair se río y me dijo:

—Se lo que está pensando, pero ninguno pertenece al libro azul. Estos que están en mi espalda son un código de entrada, y los de adelante son la ruta para llegar a la estrella Azul, desde hace cinco años cada vez que me meto al mar un tatuaje se dibuja en mi piel. Después se puso serio:

—Padre su espera ha finalizado, ahora su sueño se hará realidad. Mi esposa se puso triste, y las lágrimas descen-dieron por sus mejillas. Mi esposa quiso tomar el teléfono y Jair le explicó:— no señora, no llame a sus hijos que ellos ya saben que estoy aquí, más bien vístase rapidito para que lleguemos temprano a la isla.

Esa mañana mientras estaba despierto en la cama, mi cuerpo sintió una fuerza inexplicable que me llenó de ansiedad y de alegría al mismo tiempo, era una sensación que me decía que al fin mi batalla contra el cáncer terminaría.

Después de cambiarnos y de reunir algunas cosas que deseaba que me colocaran dentro del ataúd, abrí el portón, y me sorprendí al ver que afuera me esperaban mis hijas, mis amigos y una gran cantidad de personas que no conocía.

Me imagino que los vecinos que se acercaron fueron para ver si me había muerto, pensaron que habría café gratis ¡pero se jodieron! Si querían café tendrían que ir hasta la isla. Jaaaaaa...

Mis hijas me abrazaron, en ese instante pude recordar lo que se siente un abrazo de amor. Algunos amigos eran ex compañeros de colegio y de universidad que habían estado pendientes de mí; mientras el otro grupo estaba formado de extranjeros, entre ellos el hermano de Jair, sus sobrinos y su cuñada, también había primos y sobrinos de la Lady.

Luego de saludarlos emprendimos el viaje hacia la isla, a medida nos acercábamos a la salida de la ciudad, la nostalgia me invadía, aquella ciudad que al inicio tanto odié, hoy me producía tristeza abandonarla. A pesar que la ciudad se había modernizado con sus enormes edificios, sus largos anchos bulevares, yo miraba las mismas calles estrechas de puentes a desnivel y sus tierra, los pequeños y viejos edificios que estaban la primera vez que llegué a la ciudad. En resumida cuenta estaba abandonando mi segunda casa, el lugar que me acogió en el momento más duro de mi vida.

Ya afuera de la ciudad, mi corazón latía como el de un niño, y en las ventanas de los vehículos que nos encontrábamos en la carretera me veía reflejado cuando era joven, podía ver la tristeza y el dolor que traía por la pérdida de mis amigos (Jaime y Juan Carlos). También miraba que los pinos que estaban a los costados de la carretera me decían adiós, y los rótulos que marcaban el kilometraje tenían mensajes de gratitud. Pero a medida nos acercábamos a la isla me puse nervioso, el simple hecho de reunirme con mis padres y no tener nada preparado para decirles, me aterraba; y ni digamos como reclamarles a mis amigos, por qué se fueron sin mí a conquistar las estrellas que mencionábamos en noches de fogatas.

Rápidamente terminamos el transporte terrestre, les puedo asegurar que tuve el viaje más cómodo de mi vida, ni en los mejores aviones sentí tal comodidad. Al bajarme del auto nuevamente me sorprendí porque había una gran cantidad de botes esperándonos, todos ellos modernos, con grandes motores.

Mis sobrinas se acercaron y me abrazaron: —Tío tenemos su canoa—, era la misma canoa que utilizábamos cuando íbamos a pescar con mis amigos, la revisé y aún tenía las tres jotas grabadas en la madera. Rosa se había encargado de guardarla y cuidarla. Luego esa tarea pasó a manos de mis sobrinas.

Me subí a la canoa con mi esposa y mis hijos, por supuesto incluido Jair, el estar con mi familia me tenía feliz, y fue mayor cuando miré a mis hijas remar como alguna vez lo hizo su padre. Todos los mejores recuerdos del mar y de la isla regresaron a mi mente. Esa vez no llevaba miedo, y eso que iba una infinidad cantidad de animales marinos escoltándonos. Atrás y a cierta distancia de nosotros se había formado una gran línea de botes como siguiendo a un ataúd que van a enterrar. Cuando estábamos acercándonos a la isla mi sorpresa fue mayor porque había una gran cantidad de cruceros rodeando la isla.

Finalmente llegamos, y la gran noticia no era que su Servidor había regresado, no se equivoquen yo no era ningún héroe, toda esa gente extranjera y oriundos de la isla estaban allí para celebrar el regreso de: Jair. Al bajarnos de la canoa, Jair me abrazó y me dijo:

—Gracias por estar siempre pendiente de mí, se lo agradezco en nombre de mi madre y de mi padre; ahora tómese un poco de tiempo y escriba todo lo que venía pensando y mirando en la carretera; y a las cuatro de la tarde quiero que regrese a la playa para que vea su sueño se hará realidad.

Mientras Jair se fue al cementerio a rendirle tributo a: Rosa, la mujer que lo había criado; yo me fui a la casa de mis viejitos a recordar los grandes momentos que viví con mi familia, de inmediato me dirigí a la cocina al único lugar donde podía hablar con mi madre, aunque ella ya estaba muerta le di las gracias por enviarme a la ciudad, después salí de la casa y fui al corral, donde mi padre alimentaba a los cerdos también a darle las gracias, y a pedirle perdón por no haber pasado más tiempo junto a ellos.

Luego visite la casa de mi hermana: Daniela "la chismosa" a pedirle perdón por referirme a ella de esa manera, si no fuese por lo oportuno de sus llamadas y comentarios hace tiempo me hubiese suicidado, siempre que me sentía triste ella acertadamente me llamaba y me hacía reír. Antes de despedirse de cada llamada me recordaba que me amaba, y que mis padres me adoraban a pesar que no podían expresarlo: —ellos te adoran—, hacía énfasis que desde el primer día que abandone la isla, ellos renunciaron a sus sueños nocturnos, esas palabras destrozaban mi corazón e interrumpían mis pensamientos de suicidio. Mucho daño les había causado nuestra separación, no podía seguirles causando más dolor.

Después que mis padres murieron no me suicidé porque ya tenía a mis hijas, eso borró de mí ser ese pensamiento maligno. Creerán que estoy loco tratando de hablar con mi familia que ya está muerta, pero el lazo que nos une es mayor que cualquier comentario.

Lastimosamente ese día en especial el tiempo se volvió fugaz; rápido se dieron las cuatro de la tarde. Entonces mis hijas se apresuraron a llevarme a la playa. Al llegar, Jair se acercó a mí y me entregó un paquete, lo abrí y lo que había era un pequeño cubo de cristales de color negro de diferente tono.

Luego Jair me aconsejó que armara el cubo hasta que todos los tonos quedasen alineados, no me costó mucho porque de joven poseía un cubo de colores, cuando lo terminé de alinear el cubo se abrió y de adentro salió un diminuto diamante que ardía como el sol. Lentamente el diamante se fue acercando a mi cara hasta que se adhirió a mi frente, a pesar del calor que expelía, mi frente sentía que se congelaba.

—No tenga miedo, esa es la forma de agradecimiento que tienen los Frignorianos por usted, ellos lo consideran como otro Centinela del universo –Me dijo Jair.

—Creo que no me merezco ese honor

—Se merece eso y más

—Dile que se los agradezco

—No tiene nada que agradecer

—Entonces gracias a ti por perdonarme el haberte separado de Rosa

—Usted fue un valioso medio para que no me desviase de mi destino

Le di un fuerte abrazo

—Gracias

—No se preocupe por sus hijas que van a estar bien

Me dio un beso y se metió al mar. Allí fui testigo como se le formó su último tatuaje. El código se había completado.

Luego nadó unos cien metros, al mismo lugar donde su padre había desaparecido, allí una enorme bola de agua se levantó, todos en la orilla nos asustamos. Pero el agua descendió y una nave quedó al descubierto.

Mi sueño de ver una nave Frignoriana se había hecho realidad. Jair ingresó a la nave, y de inmediato la nave salió volando a una velocidad nunca antes vista. En seguida el mar se empezó a agitar y la isla se puso a temblar. Me asusté tanto que mis hijas tuvieron que tranquilizarme.

Heiri me dijo: no se preocupe padre que este temblor se siente en todo el sistema Solar.

—¿Cómo así?

—La Gran Batalla está por iniciar, el gran sueño se hará realidad.

Luego me puso a ver los rayos brillantes de color negro que salían desde la ribera maya. Y me explicó que todas las pirámides en nuestro planeta estaban emitiendo esos rayos. Esa era una señal de alerta en todo el sistema. Después los rayos desaparecieron y una gran cantidad de naves empezaron a salir desde el fondo del mar, como eran muchas no pude contarlas... Esas fueron las últimas letras que pudo plasmar mi padre en un papel.

Luego trasladamos a mi padre a la casa de mi tía, iba tan alegre que cada rato nos abrazaba y nos decía que nos amaba. A las siete de la noche un frío inundó la casa, la felicidad de mi padre aumentó al ver a mis abuelos y a mi tía en la habitación, más tarde se hicieron presente Jaime, La Lady y Juan Carlos.

Aunque todos pensaban que mi padre estaba delirando porque nadie veía a los espíritus, yo sabía que ellos estaban presentes. Por primera vez conocí a mis abuelos. Creo que el haber tocado aquel diamante de la frente de mi padre y que no me quemara, me dio el don de ver y hablar con los muertos.

Allí tuve una conversación muy extendida con la Lady, y ella me explicó que los Frignorianos enviaron a Jair a una misión para salvar nuestra especie, le ordenaron viajar por el universo en busca de Wampu, al encontrarlo tenía que convencerlo y llevarlo a la estrella azul.

Al instante de mencionar la estrella azul, de a poco el diamante de mi padre se apagó, fue como apagar un televisor viejo. Ni tiempo le dio para darle el último beso a mi madre cuando se nos fue de este mundo. El diamante se enterró por completo en la frente de mi padre. Esa noche sentí un dolor tan intenso que también deseaba morirme, por primera vez en mi vida sentía el sabor de la amargura.

Y por más consuelo que te brinden, el dolor siempre está presente. Es difícil resignarse a la pérdida de un ser querido. Sin embargo, traté de seguir los consejos de mi padre: —*Ser fuerte y echar para adelante*—. A pesar de que mi padre murió a las siete con treinta y nueve minutos, yo aún seguía viendo y hablando con los espíritus. Ninguno de ellos se separó del cuerpo de mi padre. Parecía que lo estaban encaminando.

Al día siguiente y después de enterrar a mi padre, casi todos los espíritus desaparecieron, el permiso se les había terminado. Menos a Juan Carlos que se quedó para contarme del secreto de los misioneros, y también la importancia de encontrar el escrito: El Amanecer del Silencio, cuya historia fue traducida por una Anciana que se encontraba en su lecho de muerte.

Juan Carlos me comentó que la misión de mi hermano (Jair) es un viaje sin retorno porque el Dios que creó la especie a la cual pertenece Wampu, los protege y no deja que nadie se le acerque. Todo aquel que ha intentado acercárseles ha resultado muerto. Otro gran detalle por el cual se cree que Jair no va a sobrevivir es porque hasta el día de hoy ningún Frignoriano ha soñado con su regreso.

El viaje de mi hermano será largo de distancia, pero corto en tiempo. Tengo fe que tendrá éxito, ya que de su éxito depende la existencia de millones y millones de especies. Mientras Jair viaja por el universo, y la batalla está a la vuelta de nuestra galaxia; es un honor contarles parte del castigo al que fue sometido el gran amigo de mi padre: Juan Carlos, he aquí su relato:

CAPITULO
I

DE REGRESO A LA OSCURIDAD

La tarde que Jaime desapareció en el mar y que mi hermano Roberto fue a traernos en la canoa, me refiero a Josué y a mí (JC), ya estando en la orilla nos dieron una taza de café caliente para que se nos quitara el frío y pudiésemos relatar lo ocurrido a Jaime.

Como rápido se oscureció y se puso a llover a chorros, fuimos llevados a vuestras casas. Recuerdo que mi madre me arropó con su cobija, y me dio té de manzanilla para calmar mis nervios y reconciliarme con el sueño. Al inicio no fue fácil cerrar los ojos, pero ya entrado las diez de la noche me quedé dormido.

Cuando el reloj estaba en lo más alto de sus números sentí que un gran bulto se sentó a un lado de la cama. Digo cama aunque en realidad era un pedazo de cuero de vaca sobre una plataforma de ramas unidas entre sí.

Otra vez sentí el mismo miedo que tuve en la canoa, entonces traté de persignarme, no sé si lo hice bien o no, pero el bulto no se movía de la cama, entonces me puse a rezar el padre nuestro y aun así no se movía, más bien sentía más fuerte su presencia.

Traté de rezar en voz alta pero una idea inequívoca se cruzó por mi cabeza: quien se había sentado en mi cama era Jaime por eso mi rezo no lo había hecho efecto. De inmediato me quité la cobija de la cara y miré un ser luminoso, alto, negro y con alas. Sin mover su boca pude entender lo siguiente: "Tú tenías que haber desaparecido, no Jaime".

Mi mente se nubló por completo, y sin pensarlo dos veces amarré el lazo que usaba mi padre cuando iba a trabajar, le di varias vueltas sobre el travesaño más grueso que cruzaba el cuarto

Supuestamente las vueltas eran para que el lazo se quedara bien atado y no se fuera a soltar.

Luego hice una soga, metí la cabeza en medio de ella, y dejé caer mi cuerpo. El apretón en el cuello fue tan fuerte que sentí como mis ojos se brotaron, la sangre en la cabeza me empezó a hervir, y como no podía respirar empecé a patalear. De tanto pataleo en el aire mi cuerpo giró, fue en ese momento que vi a mis padres dormidos, e intenté soltarme.

Me estaba arrepintiendo. Pero entre más intentaba zafarme, más me asfixiaba. Intente gritar y no pude. Después decidí patearle la cara a mi padre que estaba a la orilla de la cama, y el resultado fue negativo. No lo alcancé. Por un instante cerré los ojos para concentrarme y tomar fuerzas para poder gritar, pero la oscuridad me dio mucho miedo y los volví a abrir, pues tenía que seguir luchando por mi vida. Fue entonces cuando miré que mi madre que se levantó y quiso sostenerme, como no pudo le gritó a mi padre que se levantó todo asustado, mi padre me mantuvo chineado hasta que Roberto me quitó el lazo del cuello.

Ya estando sobre la cama mi padre intentaba revivirme dándome respiración de boca a boca y propinándome sendos golpes sobre el pecho. Yo intentaba decirle que siguiera, que no se detuviera, que ya casi lo lograba; pero él no me escuchaba y se empezaba a dar por vencido.

Discretamente me di cuenta que ya era muy tarde, desde que amarré el lazo hasta que mi madre me miró guindado ya habían transcurrido varias horas; el gallo ya estaba cantando, anunciando un nuevo amanecer; y mi perro "Wiski" no dejaba de ladrar lleno de miedo, corría sin parar alrededor de la casa.

En otras palabras vi a mis padres intentando salvarme desde otra perspectiva, ya no estaba dentro de mi cuerpo, fui testigo de quererme resucitar siendo un difunto, mi cuerpo ya estaba hasta morado.

Esa noche cometí varios errores:

Uno, usar el lazo de mi padre, ese condenado lazo laceraba a los animales y nunca se cortaba, parecía que estaba hecho de un cáñamo con filo.

Dos, la biga del cual amarré el lazo estaba nueva, recientemente la habían cambiado, por eso no se quebró, si hubiese estado la anterior lo más seguro es que se quiebra y les caigo encima a mis padres.

Y tres, al darle al lazo cuatro vueltas alrededor de la biga acorté la distancia para patearle la cara a mi padre, estuve a escasos milímetros de lograrlo, pero las vueltas que le di terminaron con mis esperanzas.

También acabaron con las de mi padre que se dio por vencido, se arrodilló a un costado de la cama y se puso a llorar. Por primera vez lo vi derrotado. Al ver eso, mi madre abrió en llanto, pude ver como parte de su vida quedaba vacía. Quise hablarle, pero no hay palabras que llenen el vacío que deja un hijo.

Y mi hermano salió gritando como loco por toda la isla, intenté alcanzarlo pero aquel ser negro y plumudo me detuvo, me dijo que si deseaba regresar a la vida aún tenía posibilidades:

—Cierra los ojos y déjate llevar que el viaje será largo, y por ningún motivo vayas a abrir los ojos porque si no te perderás en el camino, sólo los podrás abrir cuando veas que la luz blanca llegue a ti.

—Pero como me daré cuenta si la luz blanca ha llegado a mí si iré con los ojos cerrados

—Haz caso, la luz llegará a ti

—No entiendo

—Cierra los ojos y deja de perder el tiempo porque esa es tu única oportunidad de regresar a la vida

Entonces cerré los ojos con fuerza, y empecé a viajar a gran velocidad, por primera vez podía sentir la oscuridad en todo mi cuerpo, se sentía un frío tan placentero que me estaba gustando, entre más aumentaba la velocidad tomaba el ambiente era más acogedor.

Estaba tan entusiasmado que apretaba más fuerte mis ojos para regresar más rápido y pedirles perdón a mis padres. Viaje y viaje, y sentí que el mismo se había vuelto eterno, era como un marcha de nunca acabar porque la luz blanca no aparecía por ningún lado.

Sin embargo, el pensar que me iba a reunir con mi familia me daba la fortaleza para mantener mis ojos bien cerrados. Como el viaje se tornó tan largo, tuve la sensación que no terminaría, entonces intenté detenerme, y no pude, con esa acción por casi me desintegro.

No sé cuánto tiempo había transcurrido viajando por la oscuridad, pero la ilusión de regresar a casa cada vez parecía más lejana, en ese momento empecé a tener dudas sobre mi regreso.

De inmediato el ambiente cambió por completo, la velocidad disminuyó y el frío placentero de a poco se convirtió en un calor insoportable que quemaba mi cara, mi cuerpo y mi alma, aunque era muy doloroso me concentraba y pensaba en mi familia para aguantar.

Después de un buen lapso de soportar calor regresé al frío placentero, y cuando empezaba a sentirme confortable, inesperadamente caí al vacío en picada, el descenso gravitacional fue a gran velocidad que de mi boca empezaron a salir fluidos, no les puedo asegurar si era sangre, el café en la playa o el té de manzanilla que me dio mi madre para dormirme.

Ese vacío era como agujero que carecía de fondo. Cuando mi espalda parecía abrirse en dos, de repente mi cuerpo se detuvo bruscamente, se niveló nuevamente y volví a retomar la velocidad inicial, así estuve viajando por largos periodos, entre el frío y el calor, ascensos y descensos vertiginosos. No importaba si me congelaba o me derretía, si gritaba o lloraba, si vomitaba o me desangraba, lo que me impulsaba a seguir era mi familia.

Luego sentí pequeños golpes en todo mi cuerpo, parecía que me estaban apedreando, un golpe en la cara me hizo llorar y por casi abro los ojos. Pero de inmediato me acordé de las palabras de mi padre: —sea macho, levántese y siga adelante—. Eso hizo él cuando no me pudo resucitar. Gracias a esas palabras aguanté y seguí.

Inmediatamente entré a una burbuja de líquido muy caliente, el saber nadar me ayudó mucho aunque lo caliente me hizo sufrir. Salí de la burbuja liquida para entrar a otra, pero esta vez era una muy helada, ese cambio brusco de clima parecía que iba a terminar con mis esperanzas de regresar a casa. Ya me estaba desanimando. Finalizada la burbuja helada entré a otra pero esta vez era de gas, mis pulmones no aguantaban, me estaba asfixiando, "demonios" pensé que era mi final, pues ya no resistía y no sabía cuándo terminaría ese infierno, para colmo la condenada luz blanca no aparecía por ningún lado.

Como pude traté de concentrarme y pensar en los bellos momentos que pasaba con mis amigos, por fin me acordaba de Jaime y de Josué. Con la fortaleza de ellos superé ese mal momento. Pero como seguía con la mala racha volví a cometer otro gran error, la curiosidad me invadió, y quise detenerme para ver que era aquello que recién había pasado, por más que insistí en detenerme, no pude.

Lo peor no fue tratar de detenerme, sino que en el intento abrí los ojos. Una acción me llevó a la otra. Fui un tonto, como deseaba ver aquella bola de gas si tenía prohibido abrir los ojos. Ya con los ojos abiertos me desconcerté porque solo veía oscuridad, de la más fría, profunda y absoluta oscuridad, estaba tan oscuro que ni mi cuerpo podía ver.

Aunque lo sentía, no lo veía. En ese momento pensé que era a consecuencia del viaje. Como continuaba viajando me desesperé, y otra vez traté detenerme, no sin antes cerrar los ojos con toda mi fuerza, de inmediato mi cuerpo empezó a arder, y recibí un gran impacto, como si hubiese chocado contra un gran muro de piedras.

Después del tremendo golpe, no sé cuánto tiempo estuve inconsciente, si fue un segundo, un minuto, una hora, un día, o una semana; la verdad es que no tengo ni idea. Lo que sí creo es que aun estando inconsciente gritaba del dolor, todo me dolía. Imagínense que era tan insoportable que para abrir los ojos sentí como se me desprendieron las pestañas.

Tristemente estaba ciego, mi visión aún seguía perdida entre la oscuridad. Aunque podía escuchar un pequeño zumbido muy distante, mi cuerpo seguía hirviendo. Traté de tranquilizarme dándome un poco de tiempo para recuperar la vista, pero como la espera se extendió, me preocupé mucho, hasta llegué a creer que el apretón del lazo me había dejado ciego.

Como me negaba a aceptarlo, no me dejé vencer por la desesperanza, y empecé ser paciente y a tener más fe, me dije a mi mismo que sólo se trataba de una etapa para regresar a la vida, que en cualquier momento escuchaba la voz de mis padres. Pensando en mi familia estaba cuando de repente una diminuta luz apareció entre el horizonte de mis ojos.

Al fin la condenada luz que esperaba aparecía. La luz era pequeñita pero al mismo tiempo muy hermosa, brillaba tan intensa que parecía que estaba viendo a mi Dios. La luz permaneció estática. Pero a medida pensaba en mi familia la luz se acercaba más a mí.

Luego sentí un gozo que me llenó de felicidad, y la luz llegó a tocar mis ojos, fue cuando parcialmente pude recuperar la visión, lo primero que vi fue un enorme sol que empañaba mi visión, después dirigí mi vista hacia mi cuerpo y me di cuenta que carecía de uno, aunque lo poseía porque me dolía y podía sentirlo. Lo único que no lo veía.

Después dirigí mi vista a los alrededores y miré todo de color azul turbio. Quise tranquilizarme formándome la idea que toda la confusión era a consecuencia del mismo viaje. Entonces me llené de valor y apoyé mi mano sobre una roca amarilla con pizcas anaranjadas que estaba a un costado, cuando le coloqué el peso de mi mano, la roca se hundió sobre aquel suelo azulino. Luego intenté ponerme de pie y no pude, allí me di cuenta que todas las articulaciones de las piernas estaban dislocadas.

Lo Intenté por varias ocasiones y siempre me caía. Lo bueno es que no me di por vencido, el amor a mi familia me mantuvo luchando hasta que logré ponerme de pie hasta que empecé a dar paso por paso, era como un niño que empieza a caminar y que no posee muchas fuerzas en sus extremidades inferiores.

Por mucho dolor que ocasionase cada paso decidí seguir porque mi visión se iba aclarando y sería más fácil encontrar el camino que me llevaría a casa. Siempre fui positivo y mantuve mi mente ocupada pensando en mis padres. Caminé un largo rato por aquellos senderos de suelo azulino y de rocas amarillas con manchas anaranjadas, hasta que me cansé y me senté a preguntarme: ¿estoy vivo o estoy muerto?

Pues si estoy vivo por qué no veo mi cuerpo, y si estoy muerto porqué puedo ver, pensar y sentir. Traté de encontrar respuestas pero como no las encontré, seguí llenándome de esperanza, y continué buscando el camino a casa, pensando que rápido se resolvería la confusión, así como se resolvió lo de mi vista, sólo era cuestión de tiempo. Pronto estaría al lado de mis padres.

Caminé largo y tendido, no me importaba si estaba vivo o muerto, lo único que me interesaba era llegar a casa y pedirles perdón a mis padres. Estaba tan decidido a regresar que nadie me lo impediría. De tanto caminar indeseablemente me di cuenta que no estaba en el planeta: Tierra. La estupidez de abrir los ojos en la oscuridad me había llevado a perderme en el camino. La gravedad en el nuevo planeta era aplastante, sentía que mis pulmones no resistían, y la temperatura me quemaba. Mi cuerpo se derretía de a poco.

Luego me acordé de las palabras de aquel ser plumudo: *—el viaje para regresar será largo –*. Decididamente terminé con mi contradicción interna y continué caminando, de tanto bajar y subir senderos me topé con unos extraños seres que tenían la apariencia de animales, todos de colores blancos, era una enorme manada, todos eran muy parecidos, por eso no los podía distinguir unos de otros.

Ellos me podían sentir, pero no lograban verme, hasta dejaron de jugar rodando por aquella arenisca de color azul. En ese instante me sentí como un fantasma. A pesar de ello, tenía tanto miedo que pensaba que en cualquier momento la manada me atacaría.

Me volví más cauteloso, antes para dar un paso lo pensaba en repetidas ocasiones, cualquier movimiento en falso me significaría la muerte. Aunque eso era irónico, pues ya estaba muerto. Pero no deseaba ser embestido por aquellos animales. Ya tenía demasiados golpes para un tan solo día.

Me propuse observar a la manada, y pegarme a una familia que tenía un bebé; pero guardé cierta distancia. Yo iría a donde ellos fueran. Me hice a la idea que esos extraños seres podían ayudarme a encontrar el camino de regreso a casa. Además yo podía sentir que la pequeñita me miraba, y se daba cuenta de mi tristeza, ella siempre trataba de hacerme reír ejecutando muchas "tonteras".

Digo tonteras porque con el gran vacío que había en mi alma, nada me iba a alegrar la "vida". Aunque pensándolo bien, no eran tonteras, ella hacía muchas cosas graciosas, saltaba como danzando, rodaba, corría y de repente se detenía como jugando congelados, movía toda su piel como arrugándose, contorsionaba su cuerpo de tal forma que pensaba que se iba a fracturar. No les miento sus acciones eran únicas.

Por eso la bauticé con el nombre de: Engory. Esa era una palabra que: Jaime, Josué y Yo nos la habíamos inventado, y que la usábamos para decirnos: que pendejo que eres.

Anteriormente mencioné la palabra vida, ya que sentía que existía en un mundo paralelo, y que en cualquier momento me revivían y saldríamos a buscar a Jaime al mar, hasta llegué a pensar que estando en ese planeta se me revelaría como encontrarlo.

Como el padre de la pequeña la cuidaba muy de cerca, no me le acercaba mucho, siempre me retrasaba. Además en cada paso que daba, parecía que arrastraba enormes cadenas, como si estuviese remolcando un tractor, esa era la verdadera razón de no poderle seguir el paso a la manada.

Sin embargo, la pequeñita siempre se retrasaba hasta que la alcanzara, pero la montaña que estaban subiendo era enorme, casi interminable, creo que nos tardamos unas treinta horas en llegar hasta la parte media. Mientras subía la montaña le imploré a mi Dios para que me regresara a la oscuridad. Por lo menos viajando en la oscuridad no había sufrido tanto como en ese planeta. Y mi Dios me escuchó. De repente empezó a oscurecer en el planeta, sin saber que mi suplicio apenas había iniciado.

Así de rápido como iba oscureciendo, así de rápido se ocultó la manada en unos pequeños agujeros. Y como todo era rápido en el planeta, la temperatura descendió al punto que mí cuerpo se congeló, con un pequeño golpe que me dieran, me partirían en miles de pedazos.

De día parecía que me fundía y por la noche parecía que me cristalizaba, era el colmo ¡que más me podía pasar en ese planeta! por temor a un golpe decidí no entrar a los agujeros, y me ubique a un costado del agujero que ocupaba la familia de la pequeña.

Mientras oscurecía me acordaba de los atardeceres en la isla, extrañaba a mi familia y a mis amigos, necesitaba imperativamente regresar a la vida.

Cuando el planeta quedó en completa oscuridad, pude ver como desde el valle se encendían millones de luces, parecía que el viento había encendido millones de luces, después las luces se levantaron y empezaron a volar, todo se veía muy ordenado, sus vuelos eran controlados como si estuviesen ejecutando una coreografía, el espectáculo era maravilloso. Finalizada la coreografía, las luces se dirigieron a las montañas formando círculos, entre más giros daban, más se acercaban a la montaña.

Volaron a escasos metros de mi posición, allí distinguí que sus alas eran muy similares a las de las mariposas, aunque de estructura diferente, y eran extremadamente gigantescas, cada una medía unos seis metros, y poseían colores como los de los rótulos de neón, y continuamente cambiaban de color.

Repentinamente dejaron de moverse, y colocaron sus alas hacia atrás dejando al descubierto sus abdómenes, el mismo iba cam-biando de color hasta ponerse verdoso. Yo estaba maravillado con lo que veía, todo me parecía tan mágico hasta que de sus abdómenes empezaron a tirar un tipo de ácido. Lo que había presenciado no era una coreografía, sino más bien que una danza para atacar a la manada.

El ácido era tan potente que el mínimo contacto les derretía la piel a los de la manada hasta quedar en estado esquelético. La única forma que tenía la manada de defenderse era silbando y chillando, emitían unos fuertes sonidos que yo vibraba y parecía que iba a explotar en miles pedazos. Esos sonidos ahuyentaban a las mariposas asesinas. El ataque duró toda la noche.

Para sentirme a salvo tuve que ingresar al agujero y quedarme junto a la pequeña. Estando adentro del agujero, le pedí a mi Dios que protegieran a mi familia, que les borrara de su mente cualquier pensamiento de suicidio, mi deseo era evitar que pasaran por el mismo infierno que yo estaba pasando.

Después de una larga vigilia, amaneció. A pesar de estar despierto durante toda la noche no tenía sueño. La manada se levantó y empezó a bajar por la montaña, mientras bajábamos miré hacia el valle, y me di cuenta que el mismo estaba lleno del ácido que lanzaban las mariposas. Cuando llegamos abajo decidieron subir la montaña de nuevo, entre bajar y subir nuevamente anocheció. Me di cuenta que la manada no se alimentó, e igual sucedió con las mariposas malignas, sus víctimas de la noche anterior seguían muertas en el mismo lugar. Y el ataque continuó otra vez durante toda la noche.

Los días pasaban de manera monótona, la manada bajaba, luego subía, ellos se ejercitaban bajando y subiendo la colina para poder silbar y chillar; y después se escondían para dar paso al ataque de las mariposas. Era una historia de nunca acabar. Con el tiempo llegué a la conclusión que las mariposas mataban por puro placer. También me di cuenta que yo no dormía, siempre me mantenía despierto, ya fuese de día o de noche mis ojos seguían abiertos. A medida transcurría el tiempo yo me iba adaptando al planeta y las cosas iban cambiando, el padre de la pequeña me dejaba estar más cerca de su hija, yo trataba de comunicarme pero ella no me entendía nada.

Una noche cuando las mariposas se formaban y ponían sus alas hacia atrás, me hice una pregunta ¿por qué la manada siempre espera a ser atacada antes de defenderse (chillar o silbar)? Pensando en ello estaba cuando Engory empezó a chillar, luego le siguieron sus padres y toda la manada. Las mariposas parecían perder su concentración y fueron ahuyentados.

Para la manada fue una noche placentera, era la primera vez en la cual sólo una de sus integrantes moría. Sin embargo, para mí fue la noche más larga que había pasado hasta ese momento, mientras todos dormían yo aún seguía despierto como en la primera noche. A pesar de ello estaba alegre por la manada y por mí mismo, pues me di cuenta que Engory me podía entender. No estaba del todo abandonado.

Como yo sólo pasaba quejándome de mi calvario utilicé el tiempo para ponerles nombres a los de manada, me acuerdo perfectamente del segundo nombre que puse, y se lo coloqué al ser de la manada que era el primero en salir de su agujero, ya era adulto y parecía el líder, pues todos le seguían. El nombre que le puse fue: don Layo, en honor a don Hilario, aunque les parecerá chistoso pero don Hilario era el vecino que vivía enfrente de la casa, era el primero en levantarse en la isla, era un caudillo, un hombre muy respetado; me acuerdo que el señor tenía una personalidad fuerte, pero ejemplar, a tal punto que no le importaba su vejez cuando mojaba aquel lazo rojo y salía correteando a sus tres nietos para castigarlos.

¡Como añoraba esos momentos llenos de vida! De sólo recordarme me alegraba y la esperanza regresaba a mi alma, aunque fuese por un pequeño instante me reía, y no era por el castigo de don Hilario, sino de verlo correr atrás de aquellos niños panzoncitos, gracias a la virgen de la isla que nunca logró alcanzarlos, pues no sé qué les habría pasado. Los niños se iban a refugiar a la casa de mis padres hasta que se le pasaba el enojo a su abuelo, después regresaban y parecía que no había pasado nada.

Creo que los niños nunca pagaron por sus travesuras, pues le comían la comida, le robaban los pocos centavos que guardaba el viejo, y lo peor era que le pasaban matando las gallinas. Tenían un pulso esos chavales que cada piedra que lanzaban, era gallina muerta ¡eran tremendos! A pesar de los enojos que le hacían pasar, el señor amaba a sus nietos, muestra de ello era que los llevaba todos los días a la playa, les enseñó a nadar, los ponía a disfrutar de los atardeceres, jugaba con ellos, y los dormía en sus brazos en aquella silla mecedora. Hacia cosas que mi padre nunca hizo conmigo.

De esa forma les fui colocando los nombres de mis vecinos a los de la manada, y como la manada era extremadamente grande me hicieron falta nombres, hasta tuve que echar mano de los nombres de mis familiares y de otros nombres que había escuchado. Al finalizar con los de personas, usé los nombres de lugares, de países, de artistas y de todo lo que me recordaba. Por más nombre que coloque, apuras penas pude nombrar a un pequeño porcentaje de la manada. Pero colocarles nombres sólo era un paso, el otro era identificarlos de entre ellos mismos, como todos eran muy parecidos, les contaba los lunares de colores (rojos, ne gros, grises, cafés, morados, etc.) que poseían en el cuello. Eso me mantuvo ocupado por un buen tiempo.

Las noches siguieron pero sin ningún muerto, hasta las mariposas dieron la sensación de haberse cansado, se despertaban y ejecutaban su coreografía en el valle, y después se volvían a dormir; digo que se despertaban porque nunca miré una mariposa despierta durante el día.

El tiempo transcurría y nosotros continuábamos bajando y subiendo la montaña. Hasta ya me sentía parte de la manada, aunque no me veían, sentía que me aceptaban por haber ayudado a correr las mariposas asesinas. Digo mariposas por la similitud de sus alas, aunque carecían de antenas, boca y ojos. Ellas usaban los oídos y olfato para orientarse, por eso cuando la manada chillaba y silbaba ellas se desorientaban.

Una noche sucedió un fenómeno muy extraño en el planeta, el calor del otro extremo del planeta perecía haber traspasado el subsuelo, las mariposas se levantaron, la manada salió de sus agujeros, y con ellos cientos de especies que estaban ocultos a mi vista aparecieron. Allí me di cuenta que aquella roca amarilla con pizcas anaranjadas no era una roca, sino una especie. A pesar de ser de noche se sentía más calor que en el día. Al amanecer el calor fue aún más insoportable, y como era un planeta sin vegetación las únicas sombras que existían eran las que daban los senderos y las montañas, entonces las especies empezaron a sufrir.

El ambiente se mantuvo por varios días. La vida en el planeta se puso caliente. Como yo estaba acostumbrado al calor, al inicio no me preocupaba, pero al ir viendo la reacción de las diferentes especies me di cuenta que ese fenómeno era nuevo para ellos. Intenté buscar una respuesta pero me fue imposible, por más que trataba de analizar el planeta no encontraba la causa, por más observaciones que efectuara no llegaba a ninguna conclusión real. Descarté su estrella (su sol) porque se encontraba en el mismo lugar, y a la misma distancia de siempre. La estrella no había cambiado en nada. Sin embargo, cada día que pasaba el calor era más intenso.

Un día miré a Engory mirando hacia el norte, digo norte porque yo me ubicaba por su estrella, esa era mi referencia, a lo largo se vislumbraba una gigantesca bola roja que se acercaba al planeta. Pensé que se trataba de un mega cometa, pero a los días me di cuenta que se trataba de un planeta en llamas.

Y entre más se aproximaba a nosotros, la gravedad empezó a cambiar, inicialmente se formaron pequeños remolinos de arenisca azul, pero en los siguientes cuatro días que tardó en pasar perpendicularmente a nuestro planeta, los remolinos se transformaron en enormes huracanes. Inevitablemente fui levantado y arrastrado de huracán en huracán por todo el planeta, mi boca y mis oídos se llenaron de arenisca. Solo mis ojos quedaron prote-gidos, podía verlo todo.

Mi cuerpo fue golpeado sin piedad, al punto que podía sentir como me desangraba y la arena se adhería a la carne, aunque eso fue más doloroso que lo vivido cuando viaje en la oscuridad, no me preocupaba, pues estaba seguro que no iba a morir. Mi verdadero sufrimiento fue ver a los seres más livianos del planeta quedando a merced de los huracanes. Desafortunadamente ellos vivieron parte de mi infierno, pero en vida.

Mientras unos murieron en el aire otros fueron quemados en el suelo. El suelo se calentó tanto que el ácido hirvió al extremo que mató a todas las mariposas asesinas. Fueron días llenos de incertidumbre, muchos seres murieron, fue un caos, los menos fuertes no pudieron sobrevivir.

Cuando el planeta terminó de castigarnos, yo fui abandonado en los valles, y para reencontrarme con la manada tenía que abrirme camino sobre la multitud de muertos. Fue un escenario tan dantesco que del simple hecho de acordarme me da escalofrío. En ese instante no podía entender como la vida podía cambiar de forma tan radical en pocos días. Especies enteras yacían carbonizadas. El calor, los huracanes y el ácido fueron letales. La mayor parte del ácido en los valles se había vaporizado.

Pero la angustia no me detuvo, y volví a caminar hasta llegar al pie de una montaña, allí me topé con el cuerpo entero de una mariposa asesina, como ya estaba oscureciendo usé sus alas de refugio. Ya por la mañana me di cuenta que las mariposas carecían de antenas, bocas y ojos. Luego seguí caminando y corriendo, caminaba y corría, más corría que caminaba, en esa rutina pasaron varios días y no encontraba a la manada. Ya estaba cansado y preocupado, ya que había cruzado ocho valles, además había subido y bajado unas treinta montañas, revisado todos los agujeros encontrados, y nada.

No les miento todas las noches lloraba, pues no sabía que iba a ser de mí, si todos en el planeta estaban muertos. Me imaginaba lo peor, quedar abandonado en un planeta lleno de muertos, era lo más infame que me estaba pasando.

Lo más triste es que no dejaba de pensar en Engory y sus padres, parecía que mi presencia los había condenado a sufrir un infierno. No deseaba ni pensar como había sido la muerte de la pequeña, el sólo hecho de pensarlo me limitaba a seguir caminado. Por primera vez, estando muerto pensaba en el suicidio. ¿Cómo efectuarlo era lo complicado?

No dejaba de pensar en esa posibilidad, y seguí caminando. Entonces pensé en subir una montaña y acercarme a uno de sus grandes riscos para lanzarme, esa era la mejor forma y la más práctica para suicidarme. Por suerte cuando estaba a un costado del risco miré hacia la montaña aledaña y pude ver como una manada empezaba a descender la montaña, la alegría volvió a mi alma, a pesar de no estar seguro que se trataba de la manada de mi Engory, la alegría era incomparable.

Me propuse llegar al mismo tiempo a la parte baja de la montaña, donde ambas se unían. Sin embargo, estando abajo no pude localizarlos y me tocó rodear la montaña. La nueva manada había bajado por el otro extremo de la montaña. Para el instante que pude alcanzarlos ellos ya estaban subiendo.

Al acercarme, ellos sintieron mi presencia y se alejaron de mí, eso no me importó y empecé a caminar en medio de ellos a ver si podía reconocer a alguno. Al poco tiempo pude "reencontrarme" con algunos de mis vecinos, me alegre tanto que pensé que había vuelto a la vida. Después hallé a Engory y a sus padres, esa vez lloré como si me hubiese reunido con mis padres. Y lo mejor era que Engory estaba súper contenta de sentirme.

Para mi fortuna, los de la manada aguantaron heroicamente.

De a poco el planeta volvió a la normalidad, por decirlo de alguna manera, pues cuando te toca la muerte, la vida ya no es igual. Y las noches ya no eran las mismas sin el colorido de las mariposas. No obstante, la manada se las arregló para continuar con su vida. Yo aún seguía preguntándome ¿Qué le había pasado a ese planeta que estaba en llamas?

La vida siguió, pero a los días los padres de Engory parecían estar más preocupados que nunca, a cada rato miraban hacia su estrella. Me di cuenta que ellos estaban viendo cosas en la estrella que yo no veía. Una noche me puse a observar a los padres de Engory, entonces la pequeña me guío al cuerpo cadavérico de doña Tina, lo reconocía porque ese era su cueva. Ella había resultado muerta en el último ataque de las mariposas. La bauticé con el nombre de Doña Tina porque parecía estar enferma, apuras penas se podía mover de su cueva. Y en efecto, así estaba doña Tina en la isla: moribunda. Más de allá que de acá.

Yo no entendía cuál era la intención de Engory de mantenerme junto a aquel cuerpo, parecía que había cometido un error y me alejaba de su familia. Pasé toda la noche en aquel agujero y cuando amaneció no quiso que saliera, se esmeró en mantenerme atrapado. La manada inició su ruta de descenso, esa vez Engory no los acompañó. Y como pudo me guío a los ojos de aquel ser muerto. Sus ojos estaban intactos, hasta parecían tener vida.

Estuve todo el día intentando descifrar el enigma de los ojos, pero no lograba nada. Imagínense que ya los primeros de la manada estaban empezando a regresar, cuando de repente y sin querer miré a través de un ojo de doña Tina, y sentí un gran impacto al ver más allá de la claridad, miré planetas que estaban ocultos a mi vista, ¡guau...! En esa oportunidad pude contar once planetas y más de veinte lunas. Ya por la noche la vista fue más espectacular porque mi visión se transportaba por la oscuridad del espacio. Esa fue una de las mejores experiencias que viví en aquel planeta. Desde ese día dejé de acompañar a la manada y empecé a observar a la estrella con mayor detenimiento, hasta que apareció el eterno diciembre.

EL ETERNO DICIEMBRE

En el pasado adyacente, la Brig era una mega estrella con cientos de planetas distribuidos en tres niveles. Por muy tranquila que se le veía, no era una estrella de fiar, pues destruyó varios planetas que se acercaron a ella, por eso estaba rodeada de billones de asteroides. Una pequeña muestra de su gran poder fue aquel planeta en llamas que pasó cerca de nosotros.

Con el pasar del tiempo, los asteroides se fueron uniendo hasta formar un cometa que adoptó el color de una braza y cuyo recorrido era alrededor del campo gravitacional de la Brig. El cometa era difícil de ver debido a su gran velocidad, pero cuando uno lo ubicaba era un espectáculo verlo rodear a la estrella en tan sólo unos minutos. Lo sorprendente eran sus giros, los realizaba sin ningún orden, a veces aparecía por el noroeste y desaparecía por el sur, después por noreste y se escondía por el suroeste, luego del norte al sureste, y del oeste al noreste; así continuaba apareciendo y desapareciendo por cualquier punto cardinal.

Cuando el cometa quiso romper su alianza con la estrella, la Brig no se lo permitió, ella se empecinaba en mantenerlo entre sus brazos hasta que la muerte los separara.

Pero el cometa se sentía encadenado y reprimido que sus giros ya no los daba con alegría. Su vida ya no era vida, silenciosamente parecía que agonizaba, por eso le era urgente escapar del dominio de estrella, salir a viajar, conocer nuevos caminos, nuevos mundos y sentirse libre como los otros cometas.

El ambicionaba respirar y disfrutar los espacios de libertad que brinda cada sistema.

No obstante, la estrella no entendía de razón, para ella eso era una total locura, pues ella se había pasado toda su vida en el mismo lugar y nunca quiso ir a otros lugares, por eso no aceptaba ninguna explicación, estaba tan aferrada a su pensamiento que prefería morir antes de cambiar su forma de pensar. Para el cometa esa postura era el resultado de un amor enfermizo y obsesivo.

Como al cometa se le agotó la paciencia de esperar su libertad, un día tomó una decisión radical: de entregarse a la muerte. Diplomáticamente se fue preparando, hasta que finalmente se alineó para chocar de frente a su amada. Y sin mucho protocolo la estrella se lo tragó.

Esa alineación era lo que le preocupaba al padre de Engory, por eso se pasaba observando continuamente la estrella. Ese fenómeno fue maravilloso, ni en mis sueños mágicos me había imaginado tal suceso. Mientras yo estaba maravillado con el acontecimiento; los de la manada estaban tan preocupados que un día descendieron de la montaña para no volver a subirla. Esa noche me quedé solo, y fue hasta el día siguiente que intenté bajar de la montaña para ir detrás de la manada.

Alcanzarlos me costó varios días, ya que la manada iba en tremenda estampida a campo abierto, iban tan rápidos que aprovechaban hasta el último segundo de claridad para avanzar, y dormían donde les agarrara la noche. En cualquier lado se acomodaban. Parecían tener el tiempo en su contra. Seguirles el paso me era imposible, y lo que más me preocupaba era que la estrella empezaba a efectuar extraños movimientos.

Ya sé que se estarán preguntando ¿cómo obtuve la visión de aquel ser de la manada si no podía cargar ningún objeto físico? Pues la noche que la manada no subió la montaña me di cuenta que había sido abandonado, Engory había tratado de advertirme, y por estar en otras cosas hice caso omiso a su advertencia. Toda esa noche me la pasé tratando de encontrar un método que me ayudara a cargar los ojos de doña Tina, pero como era un alma, no podía cargar nada, entonces fracasé, y ningún método me funcionó. Lo único que me podría salvar de no perderme era adquirir la visión de doña Tina. Tan pronto como amaneció me desesperé y empecé a correr, iba tan disgustado conmigo mismo por haber perdido el tiempo, sentía que si hubiese seguido la manada Engory nunca me hubiese abandonado. Siempre regresaría por mí como el primer día.

Cuando iba por la mitad de la montaña escuché una voz en mi mente que me decía: traspasa los ojos. Entonces me detuve y tomé la decisión de regresarme hasta el cuerpo cadavérico de doña Tina. Al llegar a aquel agujero, tres rocas con lunares me esperaban, desde el paso de los huracanes no había visto a ninguno de ellos.

Con más temor que valor, traspasé mis ojos sobre los de doña Tina, la sensación fue tan infernal que parecía que había recibido un baño de ácido en los ojos, no aguantaba el ardor en los ojos, lo peor era que no podía ver nada.

Después de un buen rato la vista se me aclaró, y la visión que poseía era borrosa, aunque mejor que la mía. Nuevamente escuché la voz que me decía: hazlo de nuevo.

Ese proceso lo repetí en varias ocasiones, cada vez que lo efectuaba recibía era un baño de ácido de diferente color, en los primeros baños los ojos me ardían, ya en los últimos los baños fueron helados, aunque el dolor fue más intenso al punto que quedé inconsciente. De esa forma obtuve la visión de doña Tina, y sus ojos quedaron como los de un muerto.

A pesar que perdí todo el día en ese proceso obtuve lo que deseaba. Ya no me preocupaba que fuera de noche, porque con aquella visión podía ver todo tan claro. Y Sin perder más tiempo emprendí el camino con mis nuevos tres amigos: las rocas con lunares. Para antes del amanecer ya había ubicado a la manada, y me llevaban varios días de ventaja. Pues recibí visión, no fuerza, con decirles que mis nuevos amigos alcanzaron primero a los de la manada, y luego regresaron por mí para que no me sintiese tan solo. A veces me reía de mí mismo al pensar: qué pensarían en *La Tierra si les digo que hay rocas que son más rápidas que cualquier hombre.* Dirían que estoy loco, o que hay buena marihuana en el infierno.

Cuando ya me faltaban pocos kilómetros para alcanzarlos, un mega-destello surgió desde de la estrella. Allí fui testigo ocular de la carbonización de varios planetas. Por un segundo me puse a recapacitar que gracias a esos planetas el destello no había llegado hasta nosotros. La desgracia de otros era la dicha nuestra. De inmediato me puse a rezar para que las luces que había visto salir de algunos planetas fueran naves intentando escapar de su exterminio. Desde ese momento decidí nunca más quedarme atrás de la manada, aunque la misma ya había acelerado el paso dejándome más atrasado.

Más tarde, el núcleo de la estrella empezó a detenerse, y su luz se puso tenue. Cuando la estrella se detuvo por completo, los planetas quedaron estáticos, y a los de la manada les dificultaba avanzar, ya no corrían, a duras penas podían caminar. Como yo estaba acostumbrado a esa gravedad, yo parecía volar por aquellos senderos, hasta me tocaba esperar a la manada y a las tres rocas. También el frío contribuía a hacerles el paso más lento.

A medida avanzábamos la estrella se ponía cada vez más triste, sus llamaradas parecían lágrimas, internamente estaba sufriendo, como cumpliendo con su juramento de amor: *morir por amor.* El mantenerse cerca de la estrella hizo que el cometa se volviera inmune a ella, por eso llegó a tocarle el corazón.

Lo positivo para nosotros era que habíamos quedado de cara a la estrella y el planeta estaba inmóvil, no oscurecía, eso nos permitió avanzar un buen trecho. Lo negativo era que si surgía otro mega-destello íbamos a ser de los primeros en recibirlo. De repente cuando bajábamos una pequeña hondonada la luz se fue, todo quedó oscuro. La Brig se apagó.

Ahora los planetas eran cobijados por el frío y la oscuridad. El exterminio emprendía su camino. Sin los rayos de la Brig todo empezaría a morir. Adiós a las extensas temporadas de calor, el eterno diciembre hacía su gloriosa aparición. Aunque para mí no era del todo malo, pues regresaba al confort de la oscuridad. Sin embargo, para la manada era el principio de su fin.

Al quedar en total oscuridad el caos se apoderó de la manada, y algunos se dispersaron buscando refugiarse en cualquier lugar, mientras que los padres de Engory lo tenían claro: llegar a los trece volcanes del sur. Yo no entendía por qué iban al sur, era la zona más helada del planeta, además el frío les impediría caminar e inclusive ejercitarse. Una actividad fundamental en la manada para mantener sus cuerpos en calor. Cada vez que pensaba que era una equivocación, el padre de Engory me miraba como diciéndome: *confía en mí.*

Recuerdo cuando se formaron los huracanes, sus vientos me levantaron y me llevaron a dar "un paseo cerca de los volcanes del sur" les diré que hasta se me congeló el alma, sentía como filosas dagas atravesaban mi corazón. Si eso me pasó a mí, ahora imagínense lo que les pasaría a los de la manada si se formaba un volcán. Esa era mi gran preocupación.

Entre más nos acercábamos a los volcanes, el frío se encrudecía más y más, aunque con sus cuerpos congelados todos confiaban en el padre de Engory. Yo seguía sin convencerme, por eso me adelantaba para hacer un reconocimiento del camino y cerciorarme que todo fuese seguro, muchos senderos eran enormes agujeros congelados y en ciertos tramos sólo se podían cruzar uno a la vez.

El padre de Engory se aseguraba de mantener el orden, de decidir quiénes pasaban primero, y principalmente que todos fueran al mismo paso. Que nadie se quedara atrás.

Después de una maratónica caminata en la oscuridad, al fin llegamos a los volcanes del sur.

A pesar de estar agotados, de inmediato los de la manada empezaron a hacer los agujeros en los volcanes, a medida escarbaban se podía sentir el calor. Al terminar los agujeros eran reconfortables hasta parecían tener calefacción y decidieron darse un descanso. El padre de Engory tenía razón al guiarnos a los volcanes, el calor de los volcanes nos mantendría a salvo.

Finalizado el descanso, el padre de Engory y otros adultos se dieron la tarea de hacer los agujeros con mayor profundidad. Entre más profundo estaban, más confort se obtenía. Luego decidieron hacer una caravana y partieron en busca de sus hermanos que se habían quedado en el camino. Se hicieron varios viajes, yo era el guía y en todos ellos siempre regresábamos acompañados, en algunas ocasiones se obtuvo buenos resultados, mientras en otras la muerte se nos había adelantado.

Me era difícil verlos congelados con sus ojos pidiendo ayuda, lamentaba haber llegado tarde, y más cuando reconocía a algunos a los cuales yo les había puesto nombre. Eso me entristecía, parecía que alguien cercano a mí había muerto, e inevitablemente me acordaba de Jaime en la canoa.

Por un instante me alejaba de ese mundo y me trasladaba a La Tierra, aunque sólo de mente porque físicamente no lo podía hacer. Después recordaba que los de la manada necesitaban mi ayuda y seguía guiando a los equipos de rescate. Triste pero seguía colaborando.

Sin embargo, a medida pasaba el tiempo la nevada arreciaba con mayor fuerza, haciendo más difícil los rescates. Llegó un momento donde se suspendieron las labores de rescate, ya era muy riesgoso. Lo bueno era que entre todos habían creado una enorme cueva que casi llegaba al centro del volcán, una cueva super caliente. Yo era el único que salía a la superficie para obtener información, cada vez que salía iba con la esperanza de que la nevada hubiese terminado, y sobre todo que la Brig diese signos de vida.

Pasamos un largo tiempo ocultos en la cueva, pero todo empeoró, los pequeños de la manada empezaron a enfermar por falta de alimento. Aunque nunca los había visto alimentarse, tenían hambre. Aquella acción de rodar sobre el suelo azulino era su forma de alimentarse, por su pelaje absorbían las proteínas que poseía la arenisca. Entre los enfermos se encontraba Engory.

Entonces los adultos decidieron bajar hasta el valle en busca de la arenisca alimentaria. Para nuestra sorpresa el valle también estaba congelado, habría que cavar para encontrar la arenisca. No quedó de otra que regresarnos a la cueva y replantearnos una nueva estrategia. Ya estando en la cueva nos formamos en siete grupos, el primer grupo se iba conmigo, yo los dejaba cavando, y me regresaba a traer el segundo grupo, al llegar otra vez al valle dejaba cavando al segundo grupo y me regresaba con el primero, y así sucesivamente. De esa manera nos turnábamos, así nadie se congelaría porque todos estaríamos en continuo movimiento y recuperando la energía en la cueva.

Aunque la nevada no daba tregua, se cavaron varios agujeros y las esperanzas se incrementaban, el hielo no había dañado la arenisca. Sin embargo, en uno de esos viajes que retorne a la cueva el caos se había apoderado de la manada. Todos los de la manada estaban saliendo de la cueva. En ese momento sentí una extraña sensación en mi cuerpo, entendí que Engory estaba en peligro, y sin importar que los de la manada me aplastaran entré a la cueva, al estar adentro me di cuenta que había un derrumbe, parte de la lava del volcán se había filtrado a la cueva, y la misma iba en dirección al lugar donde reposaba Engory.

La madre de Engory no pudo ayudarle a salir porque murió soterrada en el derrumbe, al igual que Don Hilario. Yo traté de mover a Engory pero no pude "*seguía siendo un fantasma*" le grité en repetidas ocasiones y no reaccionó. Ella estaba tan enferma que no me podía escuchar. Lo que más me preocupaba era que la lava era igual al ácido que usaban las mariposas asesinas e iba quemando todo lo que encontraba a su paso.

Me imaginé lo peor, ver a Engory sufrir hasta quedar hecha cenizas. En ese instante me sentí tan impotente, pues no podía hacer nada, si iba en busca de su padre no regresaríamos a tiempo porque él estaba en el último grupo que había trasladado al valle.

Todo lo que pensaba me parecía tonto e imprudente, nunca una vida había dependido tanto de mí. Fue una cuchillada explosiva en mi alma. Otra vez el miedo y la impotencia me vencieron.

Cuando la lava estaba a escasos metros del cuerpo de Engory, tapé mis oídos y empecé a caminar hacia afuera, no deseaba verla morir. Al estar casi saliendo de la cueva sentí otra extraña sensación, no quería ver para atrás, pero una fuerza mayor me detuvo, y me hizo ver para atrás, me sorprendí porque detrás de mi venía Engory, un poco mareada pero allí venía dando tumbos. Corrí hacia ella, pero me esquivó, después entendí que estaba molesta conmigo por abandonarla. Sin embargo, yo seguí con ella hasta salir de la cueva.

Al salir nos topamos con su padre que ya había regresado. Allí Engory cayó a las patas de su padre. Mientras todos pensaban que yo la había salvado, su padre me miraba como preguntándome ¿qué había pasado? yo intentaba explicarle pero no sabía en verdad que había ocurrido allá dentro. Después las tres rocas con lunares salieron y la lava los seguía. La lava empezó a descender y a descongelar todo el hielo que encontrase en su camino.

Luego una de las rocas se acercó a la lava y empezó a ingerir pequeñas porciones, inmediatamente se dirigió a Engory, y de sus lunares expulsó líquido que Engory ingirió. Las otras rocas hicieron lo mismo con los otros enfermos haciendo posible su pronta recuperación. En ese momento entendí que las rocas le habían salvado la vida a Engory. Las rocas eran como neutralizadoras de las toxinas que contenían la lava, por eso ellas vivían cerca de los valles. Me imagino que al evaporizarse todo el ácido de la superficie, las rocas mejor decidieron ocultarse.

Como el derrame de lava se podía distinguir a gran distancia, esa misma noche otras rocas llegaron hasta el volcán para hacernos compañía. Hago referencia a la misma noche porque recuerden que en ese momento no existía el día.

A pesar de quedar sin cueva, el frío ya no era un preocupación, mientras se mantuvieran cerca de la lava estarían calientes, además inconscientemente ya había resuelto uno de sus grandes problemas que era la enfermedad de los pequeñines, siempre y cuando estuvieran acompañados de las rocas no tendrían problemas. Pero aún seguían sin alimento. La lava seguía su paso por el valle, al tiempo que descongelaba el hielo, quemaba la arenisca. No había forma de controlar la lava.

Más tarde, el pelaje de Engory empezó a cambiar, su blanco original pasó a ponerse rojo, parecía que internamente estaba ardiendo, ella se retorcía del dolor; y yo me le acerqué para ver en que le podía ayudar. De repente ella me lanzó fuego de su boca. Por suerte pude quitarme a tiempo, porque si no me hubiese rostizado. Desde ese momento mi amistad con Engory finalizó, ella nunca me perdonó por haberla abandonado en la cueva, y no permitió que me le volviera a acercar. Cada vez que yo intentaba acercármele, ella me correteaba y me lanzaba llamaradas de fuego. Lo peor era que su fuego se podía dilatar por varios minutos.

Después todos los de la manada ingirieron los líquidos que expulsaban las rocas, entonces los bauticé como: los Dragones Rojos. Aunque no se parecían a los Dragones, pero ese era del único animal que yo había escuchado que lanzaba fuego.

Y lanzando fuego fue la forma que usó la manada para resolver su problema de alimento. Ambas especies se volvieron inseparables, pues se necesitaban mutuamente, la manada para encontrar la lava, y las rocas para transformarla en medicina.

Inesperadamente surgieron varios chispazos de claridad, al inicio me desconcerté porque la nevada no me dejaba ver de qué se trataba, e inmediatamente volvimos a la oscuridad. Afortunadamente el calor de la lava le puso un alto a la nevada, el cielo se aclaró y los chispazos regresaron, allí entendí que era la Brig la que estaba dando indicios de vida.

No sé cuánto tiempo había pasado desde que se apagó la estrella, pero los Dragones ya estaban descongelando el tercer volcán cuando la Brig empezó a dar signos de vida. La esperanza aumentaba, los Dragones y las Rocas estaban alegres, el planeta volvería a la normalidad. Mientras yo seguía triste porque los dragones me habían corrido de su territorio, al acercarme me correteaban para rostizarme, varias veces me alcanzaron y no fue nada placentero. Antes de eso, yo había pensado en cambiarle el nombre a Engory, ya que era un nombre muy pesado para ella, pero después de quemarme, bien merecido se lo tenía.

En seguida la Brig se acordó que era una estrella y empezó a dar una serie de chispazos, y su luz fue más intensa. Luego se apagó. Como no tenía nada que hacer, entonces decidí empezar a contar hasta que la Brig volviera a dar claridad, y me subí hasta la punta del volcán para que los Dragones no interrumpieran mi conteo.

La primera vez, llegué a contar hasta ciento cuarenta mil, cuando la Brig dio signos de vida. Permaneció encendida aproximadamente unos ochenta segundos hasta que nuevamente se apagó.

Como tenía todo el tiempo del universo seguí contando, la segunda vez el conteo se detuvo antes de llegar a los cien mil, y estuvo iluminando por unos setenta segundos. Continúe contando y al empezar los setenta mil, la Brig iluminó por un lapso de cincuenta segundo.

Recordé las clases de matemática que me daban en el colegio, y llegué a la conclusión que el tiempo entre encendido y apagado se estaban acortaban, eso sólo podía tener un significado: que la Brig se iba a quedar encendida por completo cuando ambos tiempos coincidieran. Y no estaba equivocado, cuando los periodos coincidieron la Brig permaneció encendida calculadamente por una hora, pero luego se apagó por cortos segundos. Digo calculadamente porque ya me sentía cansado de estar contando.

Lentamente las horas de luz se extendieron de a poco, aunque siempre había algunos apagones intermitentes. A la Brig le costó llegar a retomar su poder, por eso le costó disolver el frío. A medida que los cielos empezaron a aclararse me di cuenta que la estrella presentaba otra cara, ahora tenía plasmada una mancha roja en su rostro, de la misma esparcía una gran nube gris que se había apoderado de una buena parte del sistema, y varios de los planetas que nos antecedían a la estrella en su mayoría estaban destruidos, como si la mano de Dios los hubiese retorcido.

Pasados los días la mancha roja se fue aclarando hasta quedar reducida a un pequeño punto rojo, por eso bauticé la Brig con el nombre de: La Estrella Punto Rojo. Cuando el frío tocaba el punto rojo, la estrella expulsaba vapor e incrementaba la nube gris. Lentamente, pero muy lento los planetas empezaron a girar. De nuevo volveríamos a los días y las noches.

La primera noche fue frustrante al darme cuenta que varios planetas habían desaparecido del sistema, pues el campo gravitacional de la estrella perdió terreno y las otras estrellas vecinas le robaron algunos planetas que estaban en los confines del sistema. Mientras los que siguieron dentro del sistema se convirtieron en cementerios bajo la oscuridad o se congelaron al punto que se solidificaron junto a su atmosfera.

Especies enteras se extinguieron, y las que pudieron sobrevivir sufrieron varios cambios y tuvieron que adaptarse al nuevo ambiente que se definía por aquella nube gris que se apoderó del sistema. La Brig ya nunca más pudo alcanzar su máximo poder.

Al tiempo de haber ocurrido aquel incidente con la estrella, una gigantesca nave llegó a los límites del sistema, durante varios días estuve monitoreándola, de ella salían varias mini naves que visitaban los planetas. Las mini naves parecían extraer muestras de cada planeta y también de la nube gris. Esas mini naves podían adoptar varias figuras que para mí eran nuevas. No las pude comparar con ninguna figura que había conocido en las clases de dibujo técnico, y eso que era mi clase favorita. Esas naves eran como masas que se distorsionaban en el espacio, y que cambiaban de figura dependiendo del ambiente de cada planeta.

Cuando las mini naves viajaban en el espacio lo hacían a alta velocidad, entre mayor velocidad aumentaban su volumen y luego se encendían de fuego como si tratase de cometas.

Cuando descendieron en nuestro planeta, fui a su encuentro, me mantuve distante y temblando, pues no sabían si eran amigos o enemigos. Pues las mini naves no eran como las luces que yo había visto salir huyendo en el momento que la Brig hizo el mega-destello y carbonizó aquellos planetas.

Todo era muy silencioso e inquietante, pues los visitantes no salían de sus naves, y no sabía si podían mirarme o no. Entonces se me vino a la mente el día que en el colegio nos presentaron el documental de la llegada del Hombre a la Luna. Sobre todo la imagen del hombre poniendo el pie en la luna. Eso me tranquilizó y pensé que podía tratarse del Hombre que habían podido viajar por el espacio-tiempo y cuya tecnología ya estaba desarrollada.

Si estaban allí, cabía la posibilidad que Dios los había enviado a rescatarme. Además todo ese tiempo que había pasado en el planeta de los Dragones Rojos podía haber hecho que pasaran siglos en la Tierra. Era una Posibilidad que se cruzaba por mi mente.

Ya no pensaba en mi familia, sino en el simple hecho de regresar a la Tierra. De repente la nave abrió sus compuertas. ¡Qué hijo de puta... casi me mata del susto! ¿Cómo hizo eso? ¡Cómo pudo llegar tan rápido al lugar donde yo me encontraba! si estaban a más de cinco kilómetros de distancia, y ya lo tenía frente a mí.

Parecía Robot, pero no era Robot, era tan real y al mismo tiempo era tan irreal. Lástima que no tengo permitido describírselos. Mi Dios me castigaría y al instante me enviaría al purgatorio. Por un segundo me desilusioné.

Pero luego me puse a pensar que antes de dejar la Tierra, el Hombre ya estaba diseñando Robots, durante todo ese tiempo los modelos pudieron haber evolucionado y ser más avanzados. Otra vez volvía a estar asustado y quieto, no sabía qué hacer, era la primera vez que una especie me veía. Hasta dejé de pensar.

Pero una sensación ya reconocida invadió mi cuerpo, era Engory la que estaba atrás de mí. Lentamente traté de hacerme a un costado, y de inmediato Engory lanzó sus llamaradas de fuego.

Todo ese fuego fue absorbido por aquel Robot, luego el Robot se acercó a Engory, la levantó y le puso un pequeño aparato en medio de su cuerpo. Ese aparato destelló varias veces y luego le abrió el cuerpo de Engory como los pétalos de una rosa.

Tuve tanto miedo que no hice nada. El Robot escaneó todo el cuerpo interno de Engory y después la cerró. Para mi mayor sorpresa Engory seguía viva. Luego siguió su camino y apareció enfrente de una Roca con lunares, también lo abrió, lo escaneó y lo cerró. Al igual que Engory, la Roca siguió comiendo lava como si nada hubiese pasado. Después el Robot se regresó a su nave de la misma forma que llegó a mí.

Ese era el momento idóneo para que yo tomase una decisión, o me quedaba en el planeta o me iba. Miré a Engory y nuevamente me lanzó fuego, me di cuenta que los Dragones ya no me querían, luego miré a la Roca y sentí que me dijo: vete que no tendrás otra oportunidad, tu trabajo en el planeta ha finalizado. Aunque tenía miedo esa era la única oportunidad que tenía para regresar a casa o al menos acercarme a ella. Y me armé de valor, decididamente me dirigí a la nave, antes de subirme mire hacia atrás, y vi a Engory triste. Yo también estaba triste, porque era más que un adiós, era un hasta nunca. Las compuertas de la nave se empezaron a cerrar y tuve que lanzarme para que no me dejaran. De esa forma termina mi historia con los Dragones y la estrella punto Rojo.

Continuará…

EN BUSCA DEL AMANACER DEL SILENCIO

Al tercer día de haber muerto mi padre fui a visitar su tumba, esa mañanita el cementerio estaba lleno de personas, pues era el tradicional día de Los Difuntos. Ese es un día especial porque los familiares van a visitar y a dejar flores a las tumbas de sus seres queridos.

El cementerio que quedaba a un costado del cerro de la isla estaba tan lleno de personas extranjeras y locales que no se podía caminar alrededor de las tumbas, inevitablemente había que pararse sobre algunas de ellas. A medida avanzaba me iba dando cuenta que todos tenían un semblante de preocupación, sus rostros parecían que habían estado llorando.

Por ir viendo los rostros de las personas, con mi pie izquierdo me paré sobre una tumba, y de inmediato sentí una fuerza que no me dejó mover el pie, en mi esfuerzo de quitar el pie, me tambaleé tanto que estuve a punto de caerme, por suerte un hombre que visitaba la tumba me detuvo y evitó que me cayera. Tremendo tortazo me iba a dar. Entonces le di las gracias por sostenerme.

El hombre se me quedó viendo muy fijamente a los ojos, y con voz ronca me respondió: *—no se preocupe, no es nada—* No vayan a pensar que por esa profunda mirada y esa voz varonil, me enamoré de él, esos son relatos de otro tipo, en la vida real el amor ya no ocurre de esa manera. El hecho de estar expuesta y sensible por la reciente muerte de mi padre no quería decir que andaba buscando un hombre que llenara el vacío que dejó mi padre.

Lentamente y sin que nadie se diera cuenta quité mi pie de la tumba, y me quedé mirando el nombre que estaba grabado en la tumba: Antonia Méndez. Mi mente me decía que ese nombre me conocido. Nuevamente quedé mirando la tumba, pues ya me había parado sobre otras tumbas y en ninguna de ellas sentí esa fuerza tan atrayente, entonces le pregunté al hombre:

—Discúlpeme ¿De qué murió doña Antonia?

—Mi nanita.

—¡Perdón!

—Mi abuelita

—¡Ha!... ella era su abuela

—Si

—¿Y de qué murió?

—De repente ella se enfermó y quedó postrada en la cama

—¿Cómo así?

—Un día regresó de vender en la playa y cayó enferma, ya no se pudo parar, a pesar que era una señora pollona.

—No sé por qué, pero su abuela me parece conocida.

—La verdad es que mi abuela era famosa en la isla, aquí todos de cariño le decían: doña Tina. Ella siempre iba a vender refrescos en una tina, por eso el apodo.

Cuando me mencionó el nombre de su abuela, los vellos de mis brazos se engrifaron porque me acordé del relato de Juan Carlos, doña Tina era la señora que dio la visión a JC en el planeta de los Dragones Rojos. Ni terminé de escuchar el relato del hombre cuando me fui del lugar. Literalmente lo dejé hablando solo.

Continué caminando, pero con más precaución, ya no pisaba las tumbas e iba más pendiente en los nombres que había en las mismas. Miré que alrededor de una tumba había bastante gente, y como toda buena mujer me acerqué a ver de quien se trataba. Al llegar sentí un escalofrío en todo mi cuerpo, era obvio, se trataba de la tumba de Jaime. Como estaba lleno de gente no pude quedarme mucho tiempo y seguí subiendo.

Antes de llegar a la tumba de mi padre me topé con tres señores que visitaban una tumba, los saludé y les pregunté:

—Buenos días ¿Y ustedes a quien visitan?

Uno de ellos me respondió:

—A mi abuelo:

—¿Y cómo se llamaba su abuelo?

—Todos en la isla le decían: don Layo.

Me había topado con los tres nietos de don Hilario

—¿Y de que murió su abuelo?

Aunque yo sabía la posible causa, deseaba confirmar la versión de JC. Entre lágrimas el que se veía más avejentado me respondió:

—Un año después de que el huracán azotara a la isla, hubo otra gran tormenta, y por salvarnos la vida, quedó soterrado.

El otro interrumpió

—Por salvarme a mí la casa le cayó encima.

Rápidamente me despedí de ellos, y seguí casi escalando hasta que me encontré con Roberto, el hermano de Juan Carlos, visitaba la tumba de sus padres. Y estuve hablando con él por varios minutos, antes de irme le comenté: Juan Carlos te ama, dice muchas cosas bellas de ti. Roberto se sorprendió y se echó a llorar sobre la tumba de sus padres.

Después caminé hasta llegar a la tumba de mi tía, y abracé a mis primas. Ese abrazo fue de saludo y de despedida al mismo tiempo, porque continúe con mi ascenso hasta llegar a la tumba de mi padre. Allí me encontré con mi madre que estaba más triste que nunca, y mis hermanas que lloraban sin dolor, entre todas empezamos a acomodar los ramos de flores que llevábamos, cuando acomodaba los ramos que estaban al pie de la cruz, escuché la voz de mi padre que emergía desde el interior de su tumba, la voz me decía: *Vete ya.*

Miré a mis hermanas para ver si habían escuchado la voz, pero me di cuenta que no escucharon nada. Nuevamente volví a escuchar la voz: *Vete ya.* Quise decirles a mis hermanas. Pero escuché la voz fuerte y de grito de mi padre: *NO, cuantas veces quieres que te repita lo mismo*. No les miento, en vez de asustarme, me llené de valor, esa era la forma de regañar de mi padre.

Me puse de pie y miré hacia afuera del cementerio, allá estaba Juan Carlos esperándome. Rápidamente me despedí de mi familia y salí corriendo del cementerio.

Juan Carlos estaba afuera del cementerio porque tenía prohibido ingresar a los camposantos, ya que su propia presencia interrumpía el descanso eterno de algunas almas. En otras palabras, él era un indeseable. Por eso cuando lo regresaron a La Tierra no pudo ir a visitar las tumbas de sus padres.

Estando afuera del cementerio, Juan Carlos me comentó que muchas personas se habían quedado a dormir en el cementerio desde que vieron salir las naves Frignorianas del fondo del mar. Mientras en la isla se sentía un ambiente de preocupación, en el resto del planeta lo existía era un caos colectivo, las cadenas de noticias mostraban a millones de personas protestando en las principales ciudades del mundo, exigiendo a los gobiernos una explicación sobre el ascenso de las naves extraterrestres. Pues los gobiernos siempre trataron de ocultar los contactos, por eso las marchas no eran nada pacifistas.

Nos empezábamos a matar entre nosotros mismos. Pero los más perjudicados con el ascenso de las naves eran las instituciones religiosas por guardar silencio. Cientos de sus iglesias fueron quemadas y muchos de sus seguidores asesinados. Por otro lado, las pirámides seguían con su enigma, emitiendo y recibiendo señales desde otros planetas.

Juan Carlos y Yo nos subimos a un bote para salir de la isla, luego tomamos un auto y varios aviones que nos llevaron afuera del país; después repetimos el proceso pero ya no usábamos autos sino motos nieves que nos trasladaron a los diferentes poblados de los Inuit.

Nuestra misión era encontrar la familia de la Anciana que escribió el *Amanecer del Silencio*. En su lecho de muerte la Anciana fue visitada por el mismo ser plumudo que visitó a Juan Carlos el día de su suicidio.

El relato nos podría decir quién es Wampu, por qué es tan importante encontrarlo, y sobre todo cuál será nuestro destino.

Iniciamos nuestra búsqueda en la península de Terranova y Labrador, en Canadá, visitamos varios pueblos de esa región, y todo fue desalentador, no encontramos a nadie que nos diera referencia sobre la familia de la Anciana. Eso era como buscar una cana enterrada en el hielo. Íbamos de poblado en poblado, corriendo el riesgo que nos atacara un oso, bueno a mí, porque a Juan Carlos no le podían hacer nada. Por suerte en la última aldea de la península se nos unió un muchacho que hablaba perfectamente la lengua de los Inuit, también inglés y francés. Eso nos iba a ayudar a localizar más rápido a la familia de la Anciana. El muchacho se presentó de la siguiente manera:

—Yo soy Àmâr, hijo de Amarok.

Me sonreí un poco y le dije:

—Yo soy Heiri

Y una frase estúpida se atravesó por mi mente: hija de Josué, y no digo nada.

El muchacho me quedó mirando a los ojos

—Si desean puedo ayudarlos a encontrar la tumba de la Anciana

Miré a Juan Carlos que se acercó a mi oído y me dijo:

—Ten calma, él nos puede servir como guía.

Entonces le pregunté a Àmâr

—¿Cuánto nos iba a costar sus servicios?

—Solo me da la comida y lo otro será su voluntad

—¿Conoces toda esta zona?

—Claro que sí, he estado aquí desde siempre

—Entonces pongámonos en marcha.

Y cruzamos hacia la isla de Baffin. Eso de cruzamos es sólo un decir porque todo estaba congelado.

Con la ayuda de nuestro súper guía literalmente peinamos toda la isla, y el resultado que obtuvimos fue el mismo: ninguna señal de la Anciana. Parecía que el hielo se la había tragado con todo y su familia.

Si es verdad que con Àmâr avanzábamos, yo iba enojada con él, pues no paraba de hablar de su "gran padre", otras veces se vanagloriaba de ser el mejor cazador entre todos los Inuit, y el colmo es que juraba tener contactos con seres del más allá.

Eso último me causaba risa porque se jactaba y no sabía que a mi lado estaba Juan Carlos, además se le veía tan ingenuo que sin ser una mujer con mucha experiencia en la vida se le notaba que sus historias eran mentiras.

Al terminar con la isla Baffin, Àmâr me aconsejó que nos dirigiéramos al lago Anjikuni, en la región de Nunavut, pero ir a esa región era retrocedernos, era dirigirnos al sur, lo peor era que en el mapa que tenía en mis manos no aparecía ningún lago con ese nombre. Además los que tenían experiencia viajando éramos nosotros: Juan Carlos con sus viajes por el universo y yo conociendo los cinco continentes.

Y mejor decidí ir a las otras islas, pasando primero por las islas: Ellesmere, al no obtener buenos resultados nos dirigirnos a las otras islas del sur: las islas Queen Elizabeth que eran muchas pero aun así las visitamos todas, aunque no obtuvimos nada; luego la isla Banks; y por último la isla Victoria, toda esa travesía fue inútil y muy decepcionante.

Nuevamente Àmâr volvió a mencionar el lago Anjikuni, y no le hice caso, pues él estaba con nosotros para llevarnos adonde yo le indicara, no para ir donde él quisiera. Y volvimos a tocar suelo continental en el pueblo Inuvit, y así como llegamos, así nos fuimos. Entonces apunté mi destino hacia Alaska. Ya estando en Alaska me di cuenta que había cometido un gran error de análisis, por la prisa que llevaba no me había puesto a pensar que en Groenlandia donde también vivían algunos Inuit, y que pertenece a Dinamarca, el país donde desapareció la Lady. Dicho lo anterior tuvimos que viajar a Groenlandia.

Ya estando en suelo Groenlandés una luz iluminó nuestra búsqueda, en Jakobshavn nos topamos con unos cazadores que habían escuchado la historia de una Anciana que treinta días antes de su muerte fue tocada por un ángel. Al ser tocada su alma fue raptada y trasladada a otro mundo, mientras su cuerpo escribía todo lo que miraba en ese planeta. El problema era que la leyenda era originaria de las islas Belcher, ubicada en la Bahía de Hudson, Canadá.

Muy cerca de donde iniciamos nuestra búsqueda. Aunque no deseaba reconocerlo, ir al sur como lo había sugerido Àmâr parecía lo correcto. Por suerte no se trataba del mismo lugar que había mencionado.

Esa vez que nos topamos con los cazadores en Groenlandia me empecé a dar cuenta que Àmâr era especial, y le pregunté:

—¿Por qué todos se ríen cuando mencionas tú nombre? y luego les da miedo cuando les dices de quién eres hijo.

—Antes de reírte de los nombres de las personas debes de tener un poco de respeto ¡aprende eso!

—Y yo por qué

—Porque tú también te reíste cuando te mencioné mi nombre.

—Pero mi intención no fue reírme, además a mí no me dio miedo cuando mencionaste el nombre de tu padre, más bien, más risa me da.

—Sólo te diré que todos los que se rieron de mi nombre morirán cuando salgan a cazar.

Me preocupé un poco

—¿Cómo así?

—Eso ya no importa, y no te preocupes que sólo van a morir los Inuit que se rieron. Tu no porque no perteneces a esta tierra

—¿Y quién es tu padre al que le tienen tanto miedo?

—Es: *Amarok*

—Eso ya lo sé, explícame por qué todos le tienen miedo

—Algún día te darás cuenta.

—Haaaaaa…

Esa misma tarde-noche tomamos el camino de regreso y llegamos a: Ivujivik, perteneciente a la región de Nunavik del estado de Quebec, Canadá. Luego viajamos más al sur para llegar a Sanikiluaq en las islas Belcher.

Y en efecto, sus pobladores conocían la leyenda de una Anciana que fue tocada por un ángel que bajó desde los verdes cielos (aureola boreal), la Anciana se levantó de su cama y empezó a escribir una historia que llamó: *El Amanecer del Silencio*. Eso fue un alivio saber que por fin daríamos con el paradero del libro.

Sin embargo, nuestro viaje no había terminado, pues la Anciana fue trasladada y enterrada en un poblado llamado: Anjikuni. El mismo lugar del que nos hablaba Àmâr. También se decía que después de enterrarla, toda la familia de la Anciana había desaparecido. Ese último detalle me preocupaba porque quien nos iba a entregar el libro.

Antes de abandonar las islas para llegar a: Arviat, que se encuentra al otro extremo de la bahía de Hudson, me dispuse hacer una investigación sobre: Amarok, para mi gran sorpresa, a todos los que les pregunté sobre Amarok, todos me respondieron con lo mismo: usted habla del lobo gigante, el Dios de la caza. A pesar que me había reído de un Dios Inuit, no tuve miedo, porque estaba segura que Àmâr se había inventado la historia, auto proclamándose hijo de un Dios. Yo lo criticaba y me decía a mí misma, si fuese el hijo de un Dios seria fuerte, no flacuchento; bien formado, no con esa enorme cicatriz en la cara; elegante con clase, no vulgar; y sobre todo tuviese poder.

Después de estar un día en Arviat, nos dirigimos tierra adentro hasta que se nos dañó la moto nieve, luego caminamos y cuando nos faltaban varios kilómetros para llegar a Anjikuni, Àmâr me dijo:

—Dile a tu amigo que no entré a este lugar porque es tierra de muertos.

Àmâr se refería a Juan Carlos. Yo me hice la maje

—¡Cuál amigo!

—Ese muerto que está a tu lado

—¡Cuál muerto!

—No te hagas la tonta, si los he visto hablando, él te tiene informada sobre la batalla en la galaxia, y ha venido contigo desde antes que tocara nuestro sagrado suelo.

Yo me quedé más congelada de lo que ya estaba. Y miré a Juan Carlos

Después en un tono burlesco Àmâr me comentó:

—Por cierto “ya sabía que eras la hija de Josué”

Refiriéndose a la frase que pensé el primer día que se presentó. Por primera vez durante todo el recorrido, se carcajeó.

—Por el estoy aquí. También sé que te la pasas llorando, lamentando su muerte, te la das de fuerte y eres tan frágil como cualquier humano.

Y era cierto, el intentar aparentar ser fuerte solo me servía para ocultar mi dolor, pues ya habían pasado varios meses y yo pasaba llorando a mi padre, en ocasiones me encerraba en los baños a llorar, a veces me desligaba de este mundo, mi mente se quedaba en blanco por ciertos lapsos y por la noche me desahogaba derramando lágrimas sobre la almohada. Y por más consejo que me diera Juan Carlos no me era posible olvidarlo, siempre lo recordaba, y eso que tenía años de no vivir en la casa de mis padres.

Lo peor es que no me podía sacar ese dolor del cuerpo, es un dolor que se siente pero que no se toca. No existe medicina que calme ese dolor, mucho menos doctor que pueda realizar un trasplante de alma. Cuando terminaba de secar mis lágrimas me preguntaba como estarían mi madre y mis hermanas, ahora más que nunca añoraba a mi familia.

Me preocupaba mi madre, a pesar de dárselas de señorona fuerte, ella estaba sin protección y podía tener una recaída, antes de la muerte de mi padre mi madre estuvo hospitalizada. Por casi se nos va antes de tiempo.

Y como mi padre era su fortaleza, pues se había pasado toda su vida junto a mi padre, y quedar sola en esta etapa de la vida era para ponerle mucha atención. Y mis hermanas ni digamos, esas son mediocres, nunca se desarrollaron como personas, siempre estaban a expensas de que mi padre les solucionara sus problemas, principalmente los económicos. Aunque conozco gente que nunca ha llegado a recuperarse de la perdida de sus padres, yo tengo que ser fuerte y seguir adelante. Como sea lo superaré.

Quise preguntarle a Àmâr cómo se había dado cuenta de la presencia de Juan Carlos, y también de la frase que nunca salió de mi boca. Pero decidí que no era el momento. Entonces él me dijo:

—Se te olvida que al inicio te dije que había tenido contactos con seres del más allá; se te olvida que desde el principio te sugerí ir a Anjikuni; se te olvida de todos los relatos Inuits que te conté, incluyendo las desapariciones de Anjikuni; lo peor es que se te sigue olvidando que soy el hijo de un Dios.

En ese momento me di cuenta que estaba equivocada, y completamente humillada.

—Es cierto, me equivoque, pero de aquí en adelante cambiaré contigo

—Pues no te queda de otra, soy el único que te puede llevar a Anjikuni

Eso era una verdad, el éxito de nuestra misión dependía más de Àmâr que de nosotros. Ya que ningún Inuit ingresaba a Anjikuni, porque hace más de un siglo sus pobladores desaparecieron misteriosamente. Y como yo no deseaba que Juan Carlos fuese castigado nuevamente, suficiente con todos los castigos que ya me había relatado. Aunque no quería dejarme ir solo con Àmâr, Juan Carlos se tuvo que quedar esperándonos afuera de Anjikuni.

Antes de irme JC se despidió de mí aconsejándome: no intentes apresurar el tiempo para reunirte con tu padre, te falta mucho para que vuelvas a estar con él; más bien preocúpate por cada paso que das, pues en tu camino vas dejando personas que no volverás a ver.

Desde ese instante solo éramos dos: Àmâr y Yo.

CAPÍTULO
II

A LO PROFUNDO DEL UNIVERSO

Cuando ingresé abruptamente a la mini nave, me di un fuerte golpe en la espalda, de inmediato una corriente de calor y dolor se extendió por toda mi columna vertebral. Al terminarse de cerrar las compuertas de la mini nave, el interior se empezó a llenar de gas, ese gas me hizo estornudar en repetidas ocasiones, en cada estornudo sentía como las vértebras de mi espalda se iban desprendiendo de su posición original.

Por suerte ese gas no era tóxico. Antes de que la nave se terminara de llenar de gas, los Robots desaparecieron. En ese momento me preocupé porque sabía que los Robots vendrían por mí para abrirme de la misma forma que abrieron a Engory y a la Roca. Luego la nave congeló sus paredes y seguidamente recibí un gran toque eléctrico, que no les miento: grité como una mujer. Quise moverme del lugar donde había caído pero no pude, mi columna estaba hecha añicos. De nuevo intenté hacerme para un lado y fue más preocupante porque ya no sentía mis piernas. Inevitablemente me rendí.

Por suerte los Robots no me estaban atacando, ese gas y el toque eléctrico era parte del proceso de despeje de la nave. Al salir del planeta de los dragones rojos, la mini nave se descongeló, y pude ver que los Robots seguían sentados en el mismo lugar. A pesar del intenso dolor estaba alegre pues iba camino a casa.

Traté de disfrutar el viaje placentero que brinda el universo. No obstante, se me hizo difícil, ya que me empecé a reír como un loco que se acuerda de sus maldades, y en cada carcajada el dolor se incrementaba. La verdad es que no había cometido ninguna maldad pero inevitablemente me recordaba de mi amigo: Josué.

Era lunes, lo recuerdo muy bien porque tocaba el examen práctico de la clase de electricidad, pues nosotros, y a mucha honra estudiábamos en un colegio técnico, además ocurrió un par de meses antes de suicidarme. Ese examen consistía en poner en práctica todos los conceptos teóricos que nos había enseñado el maestro en clase, entonces el maestro asignó a cada alumno una maqueta que habría que reparar.

Ni había dado la orden el maestro de empezar cuando a Josué lo agarró la electricidad y gritó como una flor de mimé, ja, ja, ja… Ese día todos los compañeros nos reímos de Josué, hasta su novia y el mismo maestro que era una persona bien seria. No parábamos de reírnos.

Ahora imagínense las burlas de Jaime, él fue el que se inventó la frase que gritó como flor de mimé, y se encargó de contarles a todo los vecinos en la isla. Cuando los vecinos miraban a Josué le gritaban: Hay mamá… me duele el brazo. Ja, ja, ja… tráiganle a la hermana para que lo soben…

La señora de la pulpería le decía: Josué, aquí tengo guantes para que no te agarre la corriente… y así mucha gente lo molestaba, hasta los turistas guiados por Jaime se atrevían a hacerle bromas. Jaime le puso el apodo de: toque eléctrico… Hnteÿ *ÿ ÿ* Ese fue uno de los chistes que nunca se iba a olvidar. Fue un día memorable hasta el examen se suspendió porque todo el colegio se quedó sin luz y los exámenes teóricos aún no se imprimían.

Regresando al viaje con los Robots, así de rápido como despegamos, así de rápido llegamos a la gigantesca nave que nos esperaba el los linderos del sistema de la estrella Punto Rojo. Era como una gigantesca porta-naves en el espacio. Los portaviones que yo había visto en la isla serían una minúscula parte de esa porta-nave. De inmediato ingresamos, y las puertas de nuestra mini-nave se abrieron automáticamente, luego los Robots descendieron.

Digo nuestra porque eran innumerables mini-naves entrando y saliendo a la porta-nave. Entonces yo tuve que hacer un esfuerzo sobre humano para poderme bajar de la mini-nave. Bajarme me costó otras vertebras de mi espalda, pero arrastrándome como gusano lo logré. Ya estando afuera me maravillé al ver que aquella porta-naves era una ciudad llena de Robots.

Como los Robots se miraban súper inteligentes decidí llamarlos como: Los R-I (Robots Inteligentes), allí todos volaban. Yo era el único que me arrastraba. En mi humilde opinión les diré que en esa porta-nave no había cupo para los R-T (Robots Tontos).

A medida que iba conociendo la porta-nave, me iba dando cuenta que se trataba de un Arca Universal, pues en ella había una gran variedad de especies, hasta me atrevería a decir que millones, algunos cuya forma física era líquida y podían volverse invisibles. También seres gaseosos que se hacían líquidos; otros de aspecto gelatinosa que podían congelarse o descongelarse hasta quedar reducidos a la punta de una aguja; otros de forma de lava que ardían como el fuego; otros de forma sólida como el metal que se diluían como el polvo; otros solidos que desaparecían y transformaban en una pequeña luz parpadeante, más pequeña que la luz de una Luciérnaga; otros cuyos cuerpos podían crecer hasta cinco veces sus tamaño original; otros que parecían ser inofensivos pero con poderes súper letales; hasta Rocas y Dragones Rojos traídos del planeta de Engory.

Entre ellos había uno que nombré como: Armando. Lastimosamente todas las especies estaban presas en unos cubículos especiales. Por suerte ninguna de las especies presa se parecía al hombre, y mucho menos se asemejaban a algún animal en La Tierra.

Después miré que los dos Robots que me habían transportado al Arca se dirigían a la parte inferior de la nave, entonces decidí seguirlos porque con ellos me sentía más seguro, ya que no me habían hecho ningún daño. Además no perdía la esperanza que un Hombre fuese el capitán del Arca, el que le diera las órdenes a los R-I.

Cuando llegué a la parte inferior del Arca, los dos R-I ya estaban de regreso, eso me decepcionó un poco, me estaba arrastrando muy lento, aun así decidí ingresar a esa área porque pensaba que allí se encontraba el centro de comando del Arca. Estaba tan cerca de encontrarme con los de mi especie que no regresaría atrás.

Desafortunadamente en todo me equivocaba, ese lugar no era el centro de comando sino un laboratorio donde experimentaban con las especies que estaban en los cubículos. Allí fui testigo del asesinato de un ser Rayo, ese ser en su estado normal era una diminuta bola de luz que para moverse daba sendos giros. A medida giraba su luz se incrementaba unas ocho veces y luego volvía a su tamaño original. Sin embargo, a medida se enfadaba, su luz se hacía más pequeña hasta casi desaparecer, y luego lanzaba rayos destructivos en todas las direcciones. A pesar de dar una ardua batalla empleando todo su poder, y dañando las paredes del laboratorio, no pudo escapar.

Los R-I siempre lo controlaban, automáticamente regeneraban las paredes y cambiaban el clima del laboratorio, a veces le formaban una tormenta y el Rayo incrementaba su poder, luego le enviaban una tormenta de polvo y disminuían su poder, eso hacía que el Rayo girara más rápido y perdiese fuerza. Intercalaban el ambiente entre el día y la noche, eso desorientaba al rayo, después convirtieron el laboratorio en un espacio vacío y lo dejaban caer en picada, eso lo aturdía porque le daba miedo. De esa forma lo pudieron controlar. Por más que el Rayo se defendió siempre, fue asesinado. Ese fue el único ser en el Arca que me pudo ver.

Los R-I experimentaron en el Rayo de mil maneras como extrayendo un código secreto. Yo esperaba que el Rayo sobreviviera pero era mucho pedir, desde el momento que se encontraba en el Arca era porque los R-I eran más poderosos.

Antes de morir el Rayo me tocó y sentí un gran poder de sanación, todas mis fracturas y heridas sanaron por completo. Mis ojos dejaron de estar brotados y por fin pude caminar. Yo estuve al lado del Rayo hasta que terminó su sufrimiento, en ese instante sentí tanto coraje que el odio corría por mis venas y se hospedaba en mi corazón, estaba impaciente porque las puertas del laboratorio se abrieran para dirigirme al centro de mando.

Ya no me importaba si el capitán del Arca era un Hombre u otro ser, si me llevaba a La Tierra o a otro planeta, estaba más que seguro que los R-I no eran una especie de bien. El único pensamiento que tenía en mi mente era hacer la vida imposible a los R-I, solo tenía que pensar cómo hacerlo, pues tiempo era lo que más me sobraba para lograrlo. Cuando las puertas se abrieron mi odio fue mayor, ya que iban a experimentar en Armando.

Me acordé de Engory, y di gracias que no la habían trasladado al Arca. Y Salí decididamente a encontrar el centro de comando.

Me costó encontrar el centro de comando, porque buscaba erróneamente, el centro de comando en el Arca se encontraba en el centro de la propia nave. Una vez que lo encontré no me costó entrar, ya que era un espacio abierto donde todos los R-I podían ingresar sin ninguna autorización.

Me maravillé al ver que la tecnología que usaba el Arca era muy avanzada, imagínense que desde ese lugar se podía ver todo el universo, o sea que el resto de la nave era invisible. Afuera del comando era sólida y adentro era invisible.

Otro detalle era que no había controles, ningún botón de autodestrucción como en las películas. La nave respondía a las órdenes enviadas por los tres R-I que estaban en el centro de comando. Pero esa maravilla no me hizo olvidar la muerte del Rayo, mucho menos la de Armando, y me quedé allí analizando la forma de destruir el Arca, sentía que de una u otra forma todos en el Arca estábamos destinados a morir.

Luego otros dos R-I llegaron al centro de comando, y empezaron a transmitir los datos obtenidos del planeta de los Dragones Rojos. Allí me di cuenta que el laboratorio era controlado desde el centro de comando. De repente la trasmisión de los datos fue interrumpida porque el Arca recibió una señal, eso hizo que los dos R-I regresaran a su mini nave y que se interrumpieran los experimentos en el laboratorio. Después el Arca dio un giro brusco. Yo decidí quedarme en el centro de comando acompañando a los tres R-I que conducían el Arca, con el único objetivo de conocer más la nave para hacer realidad "mi venganza".

Violentamente el Arca empezó a descender y a cruzar varias galaxias, otras veces las esquivó, después le sacó provecho al impulso y al atajo que proporcionan los agujeros negros, luego evitó ser golpeada por el cinturón de asteroides más grande del universo, seguidamente se puso atrás de un gigantesco cometa para beneficiarlos de su absorción, y por ultimo utilizó la fuerza gravitacional de algunos sistemas para caer a lo profundo del universo. Aunque el viaje fue rápido, no fue nada agradable, a pesar que el Arca iba congelada se puso tan caliente que parecía que se iba a derretir.

Sin embargo, llegamos intactos y nos acercamos a los linderos de una estrella que bauticé como: la misteriosa Yilion. Allí había otras dos Arcas que esperaban por nosotros.

Continuará…

EL CEMENTERIO ANJI

Cuando abandonamos a Juan Carlos en los linderos de Anjikuni, emprendimos el camino con Àmâr, ni habíamos caminado ni cien metros cuando empecé a escuchar las risas de niños que provenían del bosque. Entonces le dije a Àmâr:

—Escuchas a esos niños riéndose

—No tengas miedo y guardad silencio

—Pero los escuchas verdad

—No digas nada

Y seguimos caminando cuando de repente nos empezaron a lanzar pequeñas bolas de nieve y las risas de los niños eran más fuertes. Àmâr agarró una rama y me escribió en ingles sobre la nieve: *no te preocupes que son bromas de niños.*

Inmediatamente mi mente pensó: ¡que bromas tan más pendejas las de estos chamacos! Ni había terminado de pensar la frase cuando las bolas de nieve se volvieron más grandes, más compactas, y las lanzaban con mayor fuerza. Tenían tan buena puntería que todas me venían a dar en la cara, y una de ellas me impactó tan fuerte que me provocó una hemorragia nasal, por poco me quiebra el tabique de la nariz.

Al ver mi sangre, Àmâr les gritó en lengua Inuit, y por un instante las bolas de nieve se calmaron, pero luego empezaron a tirar pedazos de hielo que se asemejaban a los cuchillos. Entonces Àmâr se transformó en un enorme y peludo Lobo.

Yo tuve miedo y salí corriendo, pero el Lobo me alcanzó y me protegió de los filosos pedazos de hielo. Como los pedazos de hielo no le hicieron ningún daño al Lobo, los niños salieron corriendo, iban gritando como asustados.

El Lobo me indicó que de allí en adelante no pensara nada, pues los muertos podían escuchar mis pensamientos e interpretarlos de mala manera. Si quisiese decir algo, lo mejor era que lo escribiese en la nieve. Y sobre todo que fuese fuerte porque cosas peores estaban por venir, pues los muertos no se dan por vencido tan fácilmente. De allí en adelante sólo el Lobo podía hablar. Tomé la rama y la hice mi arma protectora.

Más adelante al dar vuelta en una curva, una avalancha bajó por la falda de la montaña, por casi nos sepulta, si no fuese por el cuerpo del Lobo hubiese sido soterrada viva. Después de salir ilesos, en lo alto de la montaña se escuchó los gritos de un hombre. El Lobo me dijo que nos pedían por las buenas que abandonáramos el lugar, ninguno de los dos éramos bienvenidos. Pero yo, inconscientemente seguía pensando: si todo aquello era por las buenas, que podía esperar por las malas. El Lobo me llamó la atención, se paró frente a mí y me quedó viendo a los ojos como diciéndome *"deja tu estupidez, ya basta"*

A pesar de intimidarme con su mirada seguimos adelante para nuevamente ser atacados, esta vez una ola endemoniada de flechas, lanzas y hachas surcaban el aire. Para mi suerte, el Lobo me protegía, al punto que me enterró en la nieve para después luchar contra los muertos. La imagen de los muertos era terrorífica, todos parecían haber muerto violentamente.

El lobo era un feroz guerrero, atacaba a los muertos sin piedad, no le importaba salir mal herido. Pero entre más resistencia presentaba el Lobo, más muertos llegaban. No sé de donde salieron tanto muertos, lo que si les puedo decir es que se transformó en una batalla campal. Varias veces estuvieron a punto de desenterrarme, y del mismo pánico por casi me *(muero)* y me uno a ellos. Por suerte el Lobo no se lo permitió. No sé qué me habría pasado si me hubiesen capturado.

El Lobo me defendía a garra y colmillo. Sin embargo, los muertos no se daban por vencido, daba la sensación que su objetivo era yo, no el Lobo. Cuando parecía que el Lobo iba a perder la batalla, pues los muertos ya lo tenían dominado, el Lobo empezó a aullar, y los muertos salieron corriendo. Gracias a Amarok, el Lobo nunca se dio por vencido.

Yo estaba alegre pensé que todo había terminado. Pero el Lobo me quitó la alegría al decirme que iban a regresar y más enojados que nunca. El Lobo los había engañado, con sus aullidos había llamado a su padre y sus hermanos, cuando los muertos se dieran cuenta que los había engañado, regresarían más enojados que nunca.

Desde ese lugar hasta la aldea, el camino lo hice montada sobre el lomo del Lobo, ya íbamos atrasados y faltaba bastante para llegar a la aldea. Me agarré tan fuerte del pelaje del Lobo que era más fácil que mis manos se desprendieran de los brazos, y no mis dedos del pelaje. El Lobo empezó a correr tan rápido que todo parecía magnifico, como extraído de un cuento de hadas, era como volar sobre la blanca nieve.

En ese momento no pensaba que podía morir, iba tan extasiada que todo aquello era perfecto. Aunque si me soltaba podía morir por golpe, y si no por el salvajismo de los muertos. Y todo el esfuerzo que realice iba a ser en vano, además mi ego no me permitiría defraudar a mi padre, así que pensé en dar resistencia hasta la muerte.

Pronto empezamos a tener compañía, y una gran persecución se desató, ahora no sólo eran los muertos en persona los que nos seguían, sino también sus animales, como osos polares, perros y águilas. Todos ellos detrás de nosotros. Para mí fortuna, nunca me despegaba la mochila que me había regalado mi padre cuando fui a mi primer viaje al exterior, siempre la andaba llena con los libros que mi padre escribió y las libretas de mis apuntes, eso evitó que el hacha que me lanzaron se incrustara en mi espalda.

Aunque llegó a atravesar tres libros, dos libretas y me hirió la parte inferior de mi omóplato derecho. A pesar de ir heridos aguantamos heroicamente hasta llegar a la aldea, allí los muertos y los animales nos rodearon. No teníamos escapatoria, nuestro fin estaba cerca. El Lobo estaba mal herido, varias lanzas y hachas estaban enterradas en su piel. Él ya no podía defenderme.

Me bajé del Lobo y retiré el hacha de mí mochila, y pegunté:

—¿De quién es esta hacha? el lobo me dijo:

—Quédate callada, no hables

—No tu quédate callado

—Entiende, no van a entender tu idioma

—No, tú entiende, he venido callada todo el camino y no he dicho nada, ahora me toca hablar a mí, y para tu mayor información si entienden mis pensamientos pueden entender mis palabras.

Un muerto dio un paso adelante, y sin pensarlo le lancé el hacha dándole en el pecho, eso hizo que se cayera sobre la nieve. No sé si fue él, el que me lanzó el hacha, pero el haber dado un paso adelante, lo condenó. Para mí eso era un acto de hostilidad. Además seguí al pie de la letra el consejo de mi padre: cuando vayas a pelear, ataca primero.

Lo que NO me dijo mi padre era que nunca lanzará la única arma que tenía. Pues mi otra arma protectora (la rama) se había caído en el camino. Lo bueno era que con ese acto les estaba diciendo a los muertos que estaba dispuesta a llegar a las últimas consecuencias. No les tenía miedo. Ese era la primera vez que mataba a un muerto.

Sin embargo, aquel muerto al que le lancé el hacha se levantó, y retiró el hacha de su pecho. Entonces los otros muertos se pusieron a reír a carcajadas. Me imagino que fue al ver mi cara de asustada, todo el valor que poseía unos segundos atrás, habían desaparecido. Hasta el Lobo se estaba riendo de mí. Aun riéndose, el Lobo se acercó a los niños, y los pequeñines le empezaron a quitar todas las lanzas y hachas que tenía adheridas a su piel.

De a poco las heridas del Lobo se le iban cerrando. Yo no entendía que estaba ocurriendo. Tanto el Lobo como los muertos se tiraban al suelo burlándose de mí.

Fueron varios minutos en los cuales me sentí como una como una estúpida. Después el Lobo se transformó en Àmâr y fue cuando me explicó que me habían jugado una broma:

—Hubieses visto tu cara cuando me trasformé en lobo, o cuando me puse enfrente de ti.

—Imbéciles por casi me matan con esa hacha

—Ni los niños tienen tanto miedo cuando conocen a mi padre, como tu cuando Nunk (el muerto) se levantó con el hacha en el pecho

—Y como explicas lo del hacha

—Ninguna arma de un muerto puede hacerte daño, si no crees mira tú herida y tu mochila

En efecto, mí herida había desaparecido como si nunca existió y los libros estaban intactos sin ningún rasguño.

—Ni te diste cuenta que algunas hachas se iban cayendo mientras corría, y que mis heridas iban sanando

Como los muertos no dejaban de reírse.

—Aun así, todos son unos imbéciles

—Como te dije, los muertos no se dan por vencido tan fácilmente, y no te enojes que ellos tienen décadas de que no se divertían como hoy.

—Yo no soy juguete de nadie para que se estén riendo de mi

—Ni modo, te toca aguantar

—Como no es de ti que se están riendo

—Ve…

—Lobo pendejo, hijo de puta…

—Huy… me insultaste, te repito que lo mejor es que te quedes callada

—Culero, pendejo…

—Ves que no tomas consejos, cuando los niños nos lanzaron las bolas de nieve es que estaban limpiando nuestros cuerpos para dejar los malos espíritus atrás, pero como empezaste con tus cosas de sabelotodo, por eso la broma.

—Como si yo bromeo con ellos.

Nada contenta, me quedé callada hasta que los muertos se cansaron de reír. Eso costó. Cuando ya todo pareció volver a la tranquilidad, Àmâr me presentó a todos los muertos desde niños, adultos, ancianos y sus mascotas, después Àmâr se convirtió en Lobo y se metió al lago, rompió el hielo y capturó varios peces para la cena. Hice una sopa que me mantuvo caliente durante toda la noche.

Ya por la mañana nos dirigimos al cementerio Anji, como todos se quedaron afuera del cementerio, me tocó a mí sola buscar y desenterrar el ataúd de la anciana. Supuestamente los muertos no tenían permitido ingresar al cementerio. Aunque pensándolo bien, otra vez me vieron la cara de estúpida, pues eran sus propias tumbas. Lo que si es cierto es que me tocó ir de montículo en montículo.

Digo montículo porque no había cruces, ni otra forma para identificarlas, además el desorden de las mismas no ayudaba en nada. Al inicio me dio miedo porque me acordé de la experiencia que tuve en la tumba de doña Tina, pero fui valiente, e inicié desde la parte más alta. Asumí que por ser especial la Anciana tuvo que ser enterrada en la parte más alta del cementerio.

Como no deseaba que nuevamente me agarraran de los pies, me arrodillé a un costado de la tumba, y lo pensé varias veces para poner mis manos sobre el montículo de nieve, al inicio no sentí nada, entonces decidí quitarme los guantes y entremiedosa volví a colocar mis manos, en ese momento pude ver la figura borrosa de un hombre, como me pareció algo conocido, de volada retiré mis manos.

Desde afuera del cementerio Àmâr me gritó: cálmate y evita el miedo. Traté de concentrarme para dejar de temblar, cuando ya no temblaba volví a colocar mis manos, pues antes de empezar a desenterrar tenía que estar segura que esa era la tumba de la Anciana. Esa vez miré con claridad la figura de un hombre, y era uno de los que estaban afuera del cementerio, de los que se habían reído de mí.

Luego continué con otro montículo, y así sucesivamente fui dando con las tumbas de niños, hombres, mujeres, ancianas y ancianos todos ellos presentes afuera del cementerio. Yo los miraba como diciéndoles esta es su tumba. Ninguno de los montículos que había tocado pertenecía a la Anciana. Como ya estaba agotada de sentir las tumbas de los muertos decidí tomar un breve descanso.

Mientras descansaba intentaba trazar una nueva estrategia para encontrar a la Anciana, fue en ese momento que decidí caminar por todo el cementerio para ver si miraba un montículo extraño, pensaba que podía ser más abultado, pues sería el último muerto enterrado en ese cementerio.

Y lo encontré, aunque no parecía montículo, ya que tenía una pequeña depresión en relación al nivel de la nieve, apura penas se podía diferenciar, además estaba a una orilla del cementerio y la tumba no estaba direccionada. Las otras tumbas estaban de sur a norte.

Estaba tan emocionada de haberla encontrado que sin pensarlo coloque mis manos, y como mi corazón latía muy rápido por la emoción, no pude sentir nada, entonces traté de concentrarme pero cada vez mi corazón latía más rápido y no pude respirar, me faltó el aire, sude helado, parecía que me desmayaba. Mejor dicho me desmayé.

Al buen rato empecé a escuchar voces que a lo lejos me gritaban, lentamente fui entrando en razón hasta que pude recuperarme. Las voces que escuchaba eran la de los muertos que me gritaban del otro lado del cementerio. En ese momento me di cuenta que si tenían prohibido regresar al cementerio.

Como pude salí del cementerio para ir a comer y después regresar. Estando allá afuera los muertos me explicaron que ellos fueron castigados después de que raptaron a los pobladores de

Anjikuni. Me explicaron que en todo cementerio siempre hay un guardia cuya misión es cuidar a los vivos, la noche del rapto el guardia era un niño que desobedeció la orden cuidar el pueblo.

Cuando el niño estaba vivo fue atacado por un oso, como los perros corretearon al oso soltó al niño. Lastimosamente fue muy tarde, el pequeño murió. La noche del rapto, el mismo oso que había atacado al niño se acercó a la aldea, y el niño soltó a los perros para ir detrás del oso.

En el momento que el niño regresó a la aldea todos sus pobladores ya habían desaparecido. Desde ese momento fueron obligados a cuidar la aldea y no podían regresar a sus tumbas, al menos que se retirara el ataúd de la Anciana. Y eso sólo lo podía hacer una persona viva, pero como por esos rumbos ningún terrenal los visita, era difícil que regresaran a sus respectivas tumbas.

Después pregunté por aquel niño que estuvo de guardia, quería conocerlo, saber su nombre y preguntarle que había visto esa noche. Y me dijeron que fue castigado por Amarok y que ellos tenían prohibido mencionar su nombre. Luego mi curiosidad me llevó a preguntar cómo había llegado el ataúd de la Anciana a ese lugar. Los muertos me respondieron que no estaban seguros pero que tuvo que haber llegado la misma noche del rapto, ya que un día antes no había nada.

Terminando de escuchar las historias regresé de nuevo al cementerio, otra vez me arrodillé y puse mis manos sobre el montículo hundido, y miré una luz de poder, tan brillante y poderosa que parecía que mis manos habían absorbido fuerza y conocimiento.

No cabía duda que en ese lugar alojaba a la Anciana. Sin perder mucho tiempo me puse a desenterrar el ataúd con unas herramientas viejas y oxidadas que había encontrado en la aldea. Y no era ficción, era realidad, estaba trabajando como los antiguos albañiles. Lo más duro de desenterrar el ataúd fue romper las varias capas de hielo solidificado que protegían el ataúd. Ese hielo estaba compactado. En el momento que pude abrir el ataúd, ya estaba anocheciendo. Para sorpresa mía y de todos, adentro del ataúd no había ningún cadáver, lo único que había era un libro envuelto en varias pieles. Su caratula estaba hecha de plumas negras. De inmediato abrí el libro, y sus páginas brillaron como el oro y se podía sentir un gran poder que emanaba del libro.

Lamentablemente no tenía nada escrito, y eso me entristeció un poco. Ni los muertos, ni Àmâr convertido en Lobo podían leerlo y mucho menos tocarlo. Cuando tocaban el libro, los electrocutaban y los lanzaba por los aires. Allí me pude desquitar la broma que me hicieron, pues les dije que antes de regresar al cementerio tendrían que tocar el libro, y todos tocaron el libro. El Lobo envés de aullar, ladró como perro y metió su cola entre sus patas, tenía tanto miedo que no podía parara de reírme. Cada vez que Àmâr se convertía en Lobo yo le decía: hay chuchita, perrita, gua, gua... ucho lobita. Esa noche me reí tanto que hasta me oriné.

A pesar que fue un momento muy alegre, mis obligaciones no terminaron y tuve que volver a enterrar aquel ataúd, pero lo hice afuera del cementerio para que todos los muertos pudieran regresar a sus tumbas. Esa noche no descansé porque no me fui a dormir hasta el amanecer.

La ansiedad me hizo descansar sólo un par horas, mi sueño se esfumó por completo, aquel libro me tenía intrigada. Ese libro era mágico y poderoso, su estadía en nuestro planeta era por una buena razón, así que no me di por vencida para encontrar su significado.

A pesar que sus páginas eran de color negro, cada vez que lo abría, podía sentir como uno de mis cabellos cambiaba de color. Mis pestañas y mis cejas pasaron a ser multicolores, los pelos del centro de mi cabeza se volvieron grises, mientras que los vellos de mi brazo izquierdo se tornaron rosados.

De mi parte íntima no les digo nada porque andaba depilada. Ja, ja, ja… Y fue hasta en la noche que pude ver algo escrito en el libro. El mismo sólo se podía leer bajo la luz de la luna, de lo contrario emanaba una potente luz dorada que hacía imposible su lectura.

Como el libro estaba escrito en lengua Inuit, tuve que pedirle ayuda a Àmâr para su traducción. Bajo la luz de la luna Àmâr y los muertos si lo podían leer. Ese proceso tardó más de cuatro días, ya que el cielo estaba tan nublado que impedía ver la luz de la luna.

Habiendo alcanzado parte de mi objetivo emprendí mi regreso, los muertos y el Lobo me acompañaron hasta los linderos de Anjikuni, estaban tan agradecidos conmigo por haberlos devuelto al cementerio. Nunca había visto muertos tan alegres como ellos, se rieron durante el camino, y fue gracias a la broma que me habían jugado.

Recordaban los momentos de la persecución. A mí esa broma ya no me afectaba, más bien me reía junto a ellos y les recordaba cuando el libro los tiraba o electrocutaban.

Antes de reunirme nuevamente con Juan Carlos, el niño que me lanzó la bola de nieve que casi me quiebra el tabique de la nariz, me pidió disculpas y me entregó la gorra de "los hijos del diamante" que se había extraviado durante la persecución.

Me despedí de todos los muertos y les prometí que al terminar "La Gran Batalla" regresaría a visitarlos. Àmâr se despidió de mí, expresándome las siguientes palabras al oído: ninguno de nuestra especie (Dios) desea relacionarse con ustedes. Àmâr me dijo esas palabras porque mientras él corría, y yo iba montada sobre su lomo, iba pensando en lo maravilloso que sería tener un hijo de un Dios.

Creo que a muchas mujeres nos gustaría dar a luz el hijo de un Dios...

CAPITULO
III

LA MISTERIOSA YILION

La Yilion es una maravilla, su tamaño triplica nuestro Sol y tiene 49 planetas escalonados en siete filas, en cada fila hay siete planetas que poseen el mismo color y sus atmosferas parecen manosearse entre ellas. Aunque parece una estrella tierna, ya es veterana que se acerca a su muerte. Y se caracteriza por ser un sistema mudo donde no hay ni lunas, ni cometas y ni asteroides. Pero su misterio era otro, cuando yo la veía la estrella cambiaba, si estaba alegre ella se ponía opaca, y si estaba triste ella se ponía más intensa. Eso solo ocurría conmigo.

Sin esperar mucho tiempo las tres Arca ingresaron a Yilion y se dirigieron al planeta más grande. Me imagino que los R-I decidieron instalar su base en ese lugar porque al conquistar al más grande, los demás se someten fácilmente. Yo nombré a esa línea de planetas como: los Prix 70-10. El más grande era el 20 y su atmosfera era muy contaminante, eso lo podía ver con mi nueva visión. En toda esa línea de siete planetas no se encontró indicios de vida humana, ni agua, ni aire, ni microorganismos.

Mientras el Arca B terminaba de instalar la base en Prix 20, la C analizaba los restantes Prix, y la nuestra se fue a recopilar datos de los planetas gaseosos: Fuljas, todos ellos de color amarillo pálido, pero con grandes diferencias en sus atmosferas. Al igual que los Prix no presentó señales de vida. Allí entendí que los R-I estaban en ese sistema en busca de nuevas especies.

Luego nos dirigimos a los planetas Gett, todos ellos de color café. El Gett One era el planeta más grande de esa línea. Cuando nos acercamos mi visión no me ayudó a identificar su atmosfera, eso me dio mala espina. Al ingresar al planeta pude ver que su atmosfera estaba llena de enormes raíces flotantes que navegaban como si fuesen nubes.

Traté de ver su composición y no pude, eso me preocupó más. A medida nos acercábamos a las raíces, iba viendo que eran enormes y que podían dañar el Arca. Sin embargo, el Arca activó su escudo de protección y las raíces se apartaban. Mi temor fue mayor al ver que la superficie del planeta estaba cubierta de una especie de árboles que no dejan ver el suelo.

A pesar de ver nuevamente árboles, yo no estaba contento, esos árboles se veían muy extraños, y mi sexto sentido tenía un mal presentimiento. Ese lugar no era nada parecido a La Tierra. Quise imaginarme que al no haber espacio para hacer descender sus mini naves, los R-I decidieron descender con el Arca sobre la vegetación. Cuando el Arca tocó vegetación, el campo de protección se desactivó. Pero aun así siguieron adelante. Yo podía escuchar el crujir de algunas ramas.

Sin lugar a dudas ese sonido era una mala señal, algo malo iba a ocurrir. Sin embargo, el Arca siguió hasta quedar sobre la vegetación, de inmediato se abrieron las compuertas del Arca, y los R-I intentaron a salir. Digo intentaron porque no les dio ni chance de salir cuando fueron atacados. La protección de los R-I se les derretía y sus cuerpos se quemaban.

Al inicio estaba alegre, pues tenían que pagar por sus actos, pero luego me fui dando cuenta que ese no era un buen lugar para quedarme abandonado. Mientras los R-I del centro de comando intentaban por todos los medios elevar el Arca, los "Invasores" parecían adueñarse de la misma, llegaron hasta los cubículos y mataron a todas las especies que estaban encerradas en los cubículos. Esa nueva especie se miraba más dañina.

Por suerte, el Arca pudo alzar vuelo y salió de la superficie de ese planeta, miles de R-I murieron. En ese momento me di cuenta que los R-I no eran Robots como yo pensaba, ya que pude ver como sus almas abandonaban sus cuerpos al morir. Estando afuera del planeta irónicamente el escudo de protección se activó. Lo bueno es que ninguno de los invasores pudo ingresar hasta el centro de comando. Lo malo es que el Arca presentaba serios daños en su casco inferior.

A los pocos minutos del ataque las otras dos Arcas llegaron a nuestra posición, y dos R-I vinieron a nuestra Arca para ver los daños y la información que se había obtenido de los "Invasores"

Los R-I no habían podido ver a los invasores, lo único que miraban eran pequeñas sombras, pero yo si los había visto. A pesar de que eran veloces y se ocultaban en la vegetación ya tenía una cierta idea de sus características. Entonces los R-I decidieron enviar varias mini-naves y atacar el planeta, la idea era hacer salir de su guarida a los "Invasores" Las mini-naves se acercaron a la vegetación y empezaron el ataque, sus laser eran tan poderosos que me hicieron recordar a la bomba atómica.

No obstante, todas las mini-naves fueron derribadas, y no pudieron identificarlos. Los "Invasores" eran escurridizos y difíciles de ver.

Los R-I decidieron enviar el Arca dañada a Prix 20. Para ese momento ya me había trasladado a otra Arca, pues no me iba a perder la acción por ningún motivo. Entonces las otras Arcas se dirigieron a la parte oscura del planeta para ver si les era más fácil identificar a los "Invasores". Pero se llevaron tremenda sorpresa cuando una luz les cegó su visión, las Arcas estuvieron a escasos centímetros de chocar entre ellas.

Los invasores poseían una cola que podía emitir una luz muy fuerte y que iluminaba cientos de kilómetros. Con todos ellos encendiendo su cola, el planeta dejaba de estar en oscuridad. Lo curioso de ese evento fue que en los otros seis planetas también se encendieron las luces. En otras palabras los siete planetas estaban llenos de "Invasores" Tremendo problema el que tenían los R-I.

Al retornar a la claridad había otra sorpresa, la vegetación caída con los laser se había regenerado. Eso tenía preocupado a los R-I, por eso decidieron suspender los ataques y se pusieron a observar el planeta desde diferentes puntos.

Con el tiempo unas diecisiete Arcas llegaron a Gett One, y se alinearon en forma de espiral. Pacientemente estuvimos formados por un buen lapso, como dejando pasar el tiempo sin una causa aparente, hasta que los análisis llegaron desde Prix 20: el Arca A había sido atacada con ácido y era letal para los R-I. Del ácido no había registro. No se sabía cuál era su composición química. Para ganar esta batalla Los R-I tendría que ser meticulosos con sus movimientos, lo primero que tenía que hacer era localizar el lugar donde se escondían sus enemigos para luego capturarlos.

E iniciaron ataques enviando una pequeña flota de mininaves que volaba por encima de las raíces flotantes, los resultados fueron alentadores ninguna mini-nave fue destruida. La conclusión era que las "supuestas" balas de ácido tenían un alcance limitado, no llegaban hasta las raíces flotantes. Las mini-naves recibieron órdenes de regresar a las Arcas. Y todo R-I fue enviado a los laboratorios.

Cuando todos los R-I pasaron por los laboratorios, las Arcas descendieron hasta las raíces flotantes. Las compuertas se abrieron y un grupo de R-I salió volando sin nave alguna. Mi mayor sorpresa no fue verlos volar, sino adoptar la forma del Rayo y de los Dragones Rojos. Usaron el mismo poder que le quitaron al Rayo, y el incomparable fuego de los Dragones Rojos. La incursión fue rápida y los caídos muy pocos. Los R-I regresaron a sus respectivas Arcas. Pero otro grupo de R-I los relevó, ese grupo atacó los mismos lugares del primer grupo pero utilizando otro tipo de láser más destructivo.

Los resultados fueron mejores, los árboles que se caían salían flotando hasta la atmosfera. Aproximadamente cada tres minutos había relevos. No obstante, los R-I seguían sin capturar ningún "Invasor" aunque sí pudieron obtener muestras de los árboles, las mismas fueron enviadas a la base en Prix.

Inexplicablemente las Arcas se levantaron y decidieron esperar los resultados de las muestras. Al tiempo los resultados llegaron y las Arcas decidieron bajar hasta las raíces flotantes, las compuertas se mantuvieron cerradas y las Arcas empezaron a girar, a medida giraban iban lanzando un tipo de espuma congelante que bañaba a los árboles.

De los troncos empezaron a salir los "Invasores". Aunque pensándolo bien, los invasores éramos nosotros, no ellos, pues ellos protegían a su planeta. Esa especie era unos Mini Hombres, muy pequeñitos las papaditas, de unas ocho pulgadas de alto, su fisonomía exterior era parecida a la del hombre. Pero con ciertas diferencias, sus cabezas y cuerpos carecían de pelos, sus manos y pies sin uñas, sus ojos grandes de color gris, y con una diminuta cola que les daba estabilidad y luz como el de la Yilion.

La espuma les facilitó el trabajo a los R-I, más de tres mil prisioneros fueron llevados a Prix 20. Allí los metieron a los laboratorios y se dieron cuenta que los cuerpos de los Mini Hombres eran fuertes, flexibles y blindados como el hule. Esa era la razón por la cual las armas de los R-I en el Arca A sólo rebotaron. Las balas que lanzaban los Mini Hombres, no eran balas sino escupitajos. De ahí su limitado alcance.

Cuando lanzaban los escupitajos su cola se desenrollaba y se ponía erguida, entre más erguida la cola, más largo el escupitajo. En la punta de su cola había una pequeña abertura por la cual podían proyectar la poderosa luz que fue la que cegó a los R-I.

Al abrir sus cuerpos vieron que carecían de pulmones, pero tenían dos estómagos que les ayudaba a distribuir los nutrientes por todo su cuerpo; no defecaban, carecían de ano y siempre andaban desnudos. Su código genético era diferente a la del Hombre. Su sangre era de color anaranjado, y era el que neutralizaba el ácido. Su alimento eran las hojas de los árboles. La superficie del planeta era liquida llena de ácido. No trabajaban, su vida era jugar en la oscuridad, y dormir en la claridad.

El Arca A sufrió grandes daños, ya que al descender sobre los árboles algunas ramas se quebraron y expulsaron ácido, eso dañó la coraza de la naves y permitió que los Mini Hombres ingresaran y atacaran a los R-I desde adentro del Arca.

Como los Mini Hombres de los Gett One-Seven eran atrasados, sin tecnología alguna, los R-I se retiraron rápido no sin antes llenar algunos depósitos de sus Arcas con el ácido para utilizarlo en futuras batallas.

Otro misterio que me llamó la atención fue que los Mini Hombres sufrían un cambio hormonal cada vez que yo miraba a la Yilion. Eso desconcertaba a los R-I porque no entendían ese cambio repentino.

Después de ese pequeño inconveniente, los R-I continuaron con su conquista en los planetas Gawiv, todos los planetas tenían una superficie gelatinosa, en cuatro de ellos se encontraron seres que parecían grandes remolachas deformadas, su sangre era como la pus pero de color morado, cuando una remolacha explotaba por el calor las otras se comían los desperdicios.

Los R-I descubrieron que eran nocivos para la vida humana, transmisores de innumerables enfermedades terminales. Muchos de ellos enfermaron.

Luego continuaron y visitaron los planetas gaseosos Nip, el más importante fue el: Nip D que contenía varios gases que al ser combinados con la radiación se podía obtener un combustible que ayudaba a viajar por el espacio. Y por último visitaron los planetas de Ugnos y de Uctos, los catorce planetas tenían los mismos colores, todos parecidos a las semillas de tamarindo, de esos planetas no extrajeron nada porque sus núcleos estaban en constante erupción.

Eran las dos líneas de planetas más cercanos a Yilion. Como el silencio y la maldad reinaban en ese sistema, llegué a la conclusión que la Yilion tenía el sello de la maldad.

Terminada la investigación en los planetas, los R-I pusieron su mirada en otros sistemas de los cuales mi Dios no me permite hablar, lo que si les puedo decir es que cada vez más y más Arcas se nos unieron. Cuando ya éramos más de sesenta Arcas nos dirigimos a conquistar las Doce Estrellas

Continuará...

LA DESILUSIÓN

Después de encontrarme con Juan Carlos decidimos cerrar el círculo regresando donde iniciamos nuestra búsqueda en la península de Terranova y Labrador. Mientras nos dirigíamos hacia allí, Juan Carlos me iba contando que las naves Frignorianas habían sido superadas por las naves enemigas. Sin usar un tan solo laser, las naves enemigas "saltaron" el cerco que le habían tendido las Frignorianas.

Como era de esperar, la tecnología de los Frignorianos ya estaba obsoleta. Cuando las naves estaban frente a frente, las naves enemigas desaparecieron y aparecieron atrás de las Frignorianas, o sea adentro de nuestra galaxia. A pesar que los Frignorianos atacaron a las naves enemigas, sus armas fueron inofensivas a los escudos de protección. No les hicieron ningún daño. Para desgracia nuestra, ellos se dirigen a nuestro sistema, parece que no les interesa otro sistema más que el nuestro. Parece que vienen por nosotros (el Hombre).

Lo que les atrasó, fue capturar varias naves Frignorianas para sus respectivos análisis. Pero como ya tienen los resultados ahora el Hombre será testigo de una invasión interestelar.

No queda más que seguir rezando y esperar que mi hermano (Jair) cumpla con su misión, para este momento ya debería de estar de regreso. Pues el tiempo se nos acababa y él es nuestra última esperanza.

Tan rápido como pudimos llegamos a: Labrador City, e iniciamos nuestra búsqueda de Wampu en el Amanecer del Silencio, teníamos que saber por qué era tan importante el nombre de Wampu en nuestro destino.

Pasamos días y noches enteras leyendo la traducción, y apenas se mencionaba el nombre de Wampu en una apuesta. Pero si aparecía el nombre de: Tchas, el ser plumudo que estuvo presente en la muerte de la Anciana y el suicidio de Juan Carlos.

Parecía no tener lógica haber hecho tanto esfuerzo para obtener tan poco resultado, estaba tan desilusionada que ya no sabía que pensar. Por más que lo leía y lo releía, no lo entendía. El Amanecer del Silencio era la historia de una especie que habitaban una luna, y cuyos habitantes habían estado creando guerras internas. Por más que buscaba una relación con nuestra historia, no encontraba ninguna. Y si yo estaba perdida, Juan Carlos estaba peor, a pesar de haber conocido al Dios que creó a la especie que habitaba en esa luna.

Entonces tuve que volver a las raíces, y hacer una comparación entre la historia de Los Hijos del Diamante y la del Amanecer del Silencio, fue en ese momento que decidí poner mis manos en la escritura del Amanecer del Silencio, al igual que lo hizo Jaime con Los Hijos del Diamante. Entonces por un breve instante pude ver a los seres del libro. Como me dio pavor, fui lanzada al piso.

Juan Carlos me dijo: no tengas miedo que eso no es nada, yo caminé en medio de las sombras del infierno y todavía sigo aquí.

Entonces volví a tocar el escrito…

CAPITULO IV

LAS DOCE ESTRELLAS

Era un sistema muy peculiar, ya que eran rojas y estaban ubicadas en el contorno del mismo sistema como formando un semicírculo de unos 240 grados, su espacio en comparación a otros sistemas era muy pequeño, menos de la mitad de nuestro sistema solar. Adentro del semicírculo había siete planetas del mismo tamaño que formaban una cruz tridimensional.

Para entrar, los R-I tuvieron que dar la vuelta y entrar por la abertura del semicírculo, pues la gravedad entre las estrellas no les permitió pasar por en medio de ellas. Cuando se acercaron a los planetas, los mismos cambiaron de forma, su atmosfera pasó de un sólido gris a líquidos de color negro. Las Arcas se detuvieron, esa vez fueron precavidos, guardaron distancia y se mantuvieron alejadas de los planetas. El cambio repentino de los planetas les preocupaba. Por primera vez, en mi estadía con los R-I le temían a la oscuridad. Así estuvieron, tratando de analizar los planetas pero les fue imposible, la oscuridad no les permitía obtener datos precisos. Aunque el líquido tenía un cierto parecido al petróleo, no era petróleo.

Entonces los R-I enviaron varias mini-naves para hacer un tipo de reconocimiento. Como no ingresaron a los planetas, las mini naves regresaron sin ningún daño. Después la mini nave que me trasladó desde el planeta de los Dragones Rojos hasta el Arca A fue enviada a ingresar a la superficie del planeta que estaba en el centro, en el momento que llegó a tocar líquido fue totalmente electrocutada.

Los dos R-I murieron al instante. Simultáneamente las doce estrellas empezaron a moverse hasta cerrar el círculo. Ahora los R-I estaban atrapados, su cautela no les había servido de mucho.

De inmediato las Arcas abrieron fuego a los planetas, usando varios tipos de armas, pero no parecían causarle ningún daño. Cuando las Arcas suspendieron el ataque, millones y millones de burbujas de líquido se desprendieron de los planetas.

En ese momento los R-I salieron volando para atacar a las burbujas de líquido. La batalla fue heroica y pareja. Así como se destruían burbujas, de la misma manera se perdían R-I. Entonces los R-I usaron un arma que era la combinación de todas las especies que habían capturado, y usaron todo su potencial. No obstante, cada vez más burbujas y más burbujas se desprendían de los planetas. A medida se alargaba la batalla los campos de protección de las Arcas se iban debilitando hasta quedar totalmente desprotegidas. Ya sin las defensas, los láseres de las burbujas electrocutaban las Arcas.

La conquista duro poco. Yo me salvé porque me salí del Arca donde estaba y quede flotando en el espacio. Por suerte las burbujas no me veían. Y todas las Arcas fueron destruidas. Lentamente las doce estrellas volvieron a abrir el semicírculo y los planetas volvieron a tomar su forma original.

Como yo quedé flotando en el espacio, intenté "nadar" hacia la abertura del semicírculo, quería salir de ese sistema y dirigirme al penúltimo sistema que habíamos visitado, allí había una esperanza de vida latente. Desafortunadamente cuando ya estaba a punto de salir, otro grupo de Arcas aparecieron.

Ese era más numeroso. Y una de las Arcas me golpeó con su escudo de protección y me volvió a internar en el sistema, para mi desgracia me volví a fracturar, esa vez fueron los brazos los perjudicados. A duras penas podía flotar con dirección. Con ese golpe mi oportunidad de salir del sistema se esfumó. Las estrellas nuevamente cerraron el semicírculo y los planetas volvieron a adoptar la forma líquida.

Traté de hacerme a un lado y ser un simple espectador, pero no había espacio que quedara libre del bombardeo. Por eso trataba de estar en constante movimiento, en uno de esos movimientos un R-I pasó por atrás mío, y una burbuja me electrocutó y perdí el conocimiento. Cuando desperté, mi cuerpo iba cayendo al vacío y no podía moverme, estaba en estado vegetal. Mientras caía, enfrente de mí apareció un R-I de color anaranjado. Las burbujas y los R-I suspendieron la batalla. Todos me estaban observando. La electrocución me había vuelto visible. Luego pude ver como desde el horizonte una luz blanca e intensa se acercó a mí, al fin pude ver la luz de la cual me hablaba aquel ser plumudo.

Al llegar a mí, la luz de inmediato me apartó de aquel R-I anaranjado, me sacó del sistema y me puso a salvo de aquella batalla. Quise mirar directamente a la cara de la luz, y no pude. Esa no era una luz cualquiera, era tan poderosa que mientras me tenía en su regazo, yo iba recuperando todas mis fuerzas, mis brazos sanaron, mi cuerpo se enderezó, mi piel quemada se regeneró, mi cansancio desapareció, y mi fe nuevamente fue restablecida.

Lo mejor fue que con un sorbo de su aliento me regresó a la vida. Nuevamente volví a tener alma. La luz me dijo: yo no soy tu Dios, tampoco me tengas miedo porque yo soy Ito.

De ahí en adelante estuve ignorante sobre quien era Ito, y fue hasta que regresé a La tierra, y que pude hablar con Jair que me explicó que Ito era un Dios poderoso que aparecía en el libro de los relatos del reino, el mismo que había traducido Jaime, y publicado Josué. Ito era el mismo Dios que peleó en contra de: Prunni y Elna. La misma historia que les narraba Darda a sus hijos.

Ya afuera del sistema pude ver como los R-I y las burbujas continuaron con la batalla. Ito me explicó que el R-I anaranjado que yo había visto era el líder, su nombre: Voxtu. Ese R-I era poderoso que dentro de poco tiempo tendría la oportunidad de convertirse en un Dios.

A pesar de habernos alejados una buena distancia, Voxtu sólo nos seguia mirando. La batalla siguió. Voxtu ordenó concentrar el ataque de las Arcas en una estrella. Las Arcas dejarían de atacar a los planetas, y emplearían todo su poderío en destruir a las estrellas desde la parte inferior.

El plan era magnifico. Sin embargo, no contaban que las estrellas podían girar velozmente y evitar el ataque de las Arcas. Luego llegaron otras Arcas y atacaron a las estrellas desde la parte externa del sistema. A medida se iba haciendo efectivo el ataque de las Arcas exteriores, las estrellas iban perdiendo velocidad, eso dio como resultado que la primera estrella fuese destruida.

Pero aun así, las otras estrellas cerraron el espacio dejado por la estrella destruida. Todavía nadie podía entrar ni salir del sistema.

La batalla continuó y los R-I parecían perderla, sin ayuda exterior parecían destinados a morir. Pero Ito me dijo: no te alegres, Voxtu es tan poderoso que si él quiere, ya hubiese destruido esos planetas, pero no lo hace porque sabe que estoy aquí y no quiere vea su poder. De la única forma que lo hará es que él sea el último. Y eso no pasará hoy. Las Arcas del exterior pudieron destruir cuatro estrellas más, con la cual abrieron un enorme agujero y entraron a ayudar a los de adentro.

A medida que se iban destruyendo las estrellas, los planetas iban cambiando a su estado original, y las burbujas empezaron a transformarse en pequeños insectos. Siendo más fácil su exterminio.

Después Ito me dijo: no tengas miedo, mientras yo esté a tu lado no te pasará nada. Agárrate fuerte que Voxtu vendrá por nosotros. Y en efecto así fue, Voxtu nos siguió por varios sistemas, cuando parecía que nos alcanzaba: desaparecimos. Ito le dio la falsa esperanza que nos alcanzaría. Ito se burló "Por más que lo intente nunca podrá ser uno de nosotros"

Y aparecimos en un planeta llamado: el Dorado. Ya estando a salvo me narró la historia de los R-I:

Hace muchísimo tiempo los R-I eran dos especies hermanas que pertenecían al sistema de la estrella Liquida de Sal, cada especie vivía en planetas separados, su Dios les prohibió tener contacto alguno entre ambas especies.

No obstante, desobedecieron y empezaron a tener contactos comerciales, después intercambiaron conocimiento tecnológico, hasta que llegaron a tener contactos donde unían sus almas. Todo eso su Dios se los perdonó. Lo que no les perdonó fue que mataran a los seres que surgían de la unión de sus almas. Como los nuevos seres salían enfermos, los asesinaban. Entonces su Dios los castigó, e irónicamente les puso una penitencia donde involucraba a sus hijos y el exilio.

Como deseaban tener seres perfectos los botó de sus planetas, les arrebató a sus hijos, y les dijo que no podían regresar al menos que le llevaran el código de la "perfección" que es el mismo código que da la inmortalidad. El secreto de la inmortalidad es que te convierte en un Dios.

Al inicio los R-I buscaban el código para recuperar a sus hijos, pero ahora buscan el código para convertirse en Dioses, además quieren vengarse de su propio Dios. Es por eso que van de planeta en planeta, abriendo especie tras especie para encontrar el código genético de los Dioses. Pero el código esta diseminado en millares de especies alrededor del universo.

Sin embargo, no basta con reunir todo el código, el mismo no se puede abrir si no se posee la llave genética. Y esa llave sólo la posee una especie en todo el universo. Su Dios implantó esa llave en su especie predilecta, sin darse cuenta que ponía en riesgo a sus hijos amados.

Al finalizar la historia de los R-I, Ito me dijo que parte de mi misión había concluido, pues gracias a mí, las legiones de Los Dioses podían saber cómo era Voxtu. Pues el R-I anaranjado nunca se había dejado ver. Lo único que faltaba para regresar a La Tierra era el intercambio con mi Dios, yo (JC) por Tchas, el ser plumudo que me impulsó al suicidio.

Continuará…

INVASION EN NUESTRO SISTEMA

De la misma forma que saltaron el cerco de las naves Frignorianas en los linderos de nuestra galaxia, lo mismo hicieron cuando llegaron a nuestro sistema, dieron un salto y aparecieron cerca de Urano, eso es lo que me comenta Juan Carlos que ahora está todo nervioso. Pues el mejor que nadie sabe que al haber una invasión interestelar hay especies que resultan exterminadas en su totalidad.

—Yo le dije que no tuviese miedo, que Jair iba a salvarnos.

—No tengo miedo

—No me mientas sólo por ser mujer

—Es que hay cosas que tú no podrás entender

—Pues si entiendo, si mi padre me eligió fue por algo.

—Lo sé y lo has demostrado pero…

—Entonces no me trates como una ignorante

—Nunca lo he hecho

—Si lo has hecho, tú crees que yo no sé qué esas naves que vienen hacia La Tierra son las Arcas de los R-I, que vienen por la llave que decodifica el ADN de los Dioses, nosotros (el Hombre) somos los únicos en el universo que poseemos esa llave. Tú crees que no sé qué los R-I regresaron al planeta de los Dragones Rojos, ellos fueron en busca de ti o de otros igual que tú, al no encontrar nada destruyeron el planeta junto a Engory.

Tú crees que no sé qué los R-I son de color rojo y amarillo. O de aquellos planetas de los cuales se te prohibió hablar es porque simple y sencillamente hay especies similares a la nuestra

—¿Y cómo sabes todo eso? Si yo no te he dicho nada de eso.

—Pues te diré que los días que estuve en Anjikuni, no sólo me ayudaron para obtener el escrito, sino para aprender a leerles la mente a los muertos, y tú no eres la excepción.

Juan Carlos agachó la cabeza

—También sé que los Dioses no pueden entrometerse y destruir a los R-I, eso haría que las Legiones de Dioses se levanten en otra batalla, y que muchos Dioses eso desean.

—También sé que Jair fue enviado a contactar a una especie cuyo objetivo es eliminar a las especies que no aceptan la voluntad de los Dioses. Y sé que ningún Dios va a intervenir por nosotros, si no es por nosotros mismos que solicitemos su ayuda, nadie vendrá a ayudarnos.

—Tienes razón.

Esas fueron las últimas palabras de Juan Carlos, desde ese momento desapareció y no lo volví a ver más en mi vida. Todos los días rezo porque mi Dios no lo castigue.

LOS MISIONEROS

Según lo que me contó Juan Carlos, las personas que se suicidan son castigados y enviados a deambular en otros planetas, comúnmente les toca andar con sus almas en penas por los planetas desérticos, congelados, calientes, líquidos o gaseosos. Por eso en todos los sistemas existen planetas inhabitables. Y todo depende del planeta donde uno más sufre, allí te abandonan. La condena empieza desde el mismo instante en que uno se suicida, y termina hasta que tu Dios decide suspender tu castigo.

Mientras el secreto de los misioneros es arrepentirse en su último suspiro de vida, ese pequeño detalle te da el beneficio de viajar por la oscuridad, e ir de sistema en sistema recolectando información de otras especies para tu Dios. La misión es muy peligrosa porque si eres atrapado por otro Dios o por otra especie tu calvario será eterno. Y ningún Dios se atreverá a reclamarte.

Aunque hay dos formas de recuperarte: la primera es que ambos Dioses se enfrenten en una pelea y que tu Dios gane, de lo contrario estarás condenado a sufrir eternamente; hasta el momento ningún Dios ha ido a batalla por un ser desobediente, prefieren darte por perdido. Y la segunda es la que me pasó a mí y que muy rara vez se da, un canje entre ambos Dioses, por lo general siempre sale perdiendo el que solicita el intercambio, ya que tiene que acceder a los pedidos del otro Dios. Se dice que hace mucho tiempo atrás hubo un intercambio donde uno de los Dioses sacrificó dos especies completas. Ahora imagínese lo valioso y la importancia que tenía el misionero para ese Dios, acceder a sacrificar dos especies, incluyendo sus planetas. A los

Dioses no les gusta el intercambio porque los misioneros son considerados espías.

Regresando a la misión de Jair, se cree que es una misión sin retorno porque Ito los protege y no deja que nadie se le acerque a ellos. Todo aquel que ha intentado acercarse a ellos resulta muerto.

Yo soy la única que tiene la esperanza que Jair regresará con vida.

EL INTERCAMBIO

No sé qué sacrificó nuestro Dios por Juan Carlos, lo que si les puedo decir es que ambos Dioses estaban esperando con ansias el intercambio. Según JC nuestro Dios no le dirigió la palabra ni en lo más mínimo cuando venían de regreso.

Como Juan Carlos sabía que seguiría castigado, decidió disfrutar del viaje de regreso y fue cuando vio en la estrella Punto Rojo, el planeta de los Dragones Rojos destruido; luego pasaron por una la burbuja de gas que no era más que un gigantesco planeta gaseoso, esa fue la burbuja que lo asfixió. Después por un planeta liquido congelado, y otro líquido de temperatura templado.

Más tarde a esquivar los meteoritos que lo habían apedreado para en seguida salir de aquel sistema cuya estrella estaba muriendo, por eso sus planetas estaban helados. Inmediatamente a efectuar el ascenso de aquella caída que le pareció interminable, hasta atravesar por el centro de una estrella. Y posteriormente retornar al frío placentero de nuestra galaxia antes de llegar de nuevo a la Tierra. Ese fue el recorrido que en retrospectiva hizo JC para llegar al planeta de los Dragones Rojos.

Ya estando en la Tierra, la vida que le dio Ito a Juan Carlos fue quitada y fue enviado a cuidar a Jair, para prepararlo y brindarle toda la información sobre los R-I, además de cómo convencer a Ito para que le preste a Wampu para su viaje a la estrella azul

Continuará...

ÍNDICE

.

CPSIA information can be obtained
at www.ICGtesting.com
Printed in the USA
LVOW01s0231180117
521321LV00007B/83/P

9 781943 680061